상온동물의 허물벗기

국립중앙도서관 출판예정도서목록(CIP)

상온동물의 허물벗기 / 지은이: 장종국. -- 고양 : 시지시, 2015
    p. ;   cm. -- (시지시시선 ; 40)

ISBN 978-89-91029-48-4 03810 : ₩10800

한국 현대시[韓國現代詩]

811.7-KDC6
895.715-DDC23   CIP2015008951

시지시시선 40

상온동물의 허물벗기

장종국 시집

시지시

허물을 벗으며
— 울음의 탄성灘聲, 선퇴蟬退

매미의 울음은 아픔으로 성숙하는 영혼의 소리
6년 치의 소리를 소낙비처럼 퍼붓는 소리
소리를 낳고 소리를 먹고 몸과 마음이 떠나는 소리
유체이탈遺體離脫로 남긴 완전한 허물.
일촌광음一寸光陰이 아쉬워 배고픔을 잊고 울부짖는 소리
6년의 어둠이 두려워 6일을 떨고 있는 소리
얼마나 외로우면 식음을 전폐하고 울고만 있을까.
마을회관 앞 느티나무 그늘 밑, 깔고 앉은 멍석이 서늘하다.

나의 울음은 매미의 완전한 허물벗기를 표절했다.

<날마다 허물고 짓는 집>을 펴낸 지 6년 세월이 흘렀다.
나의 허물은 매미의 울음보다 더 슬프고 아픈 노래다.
매미도 허물을 벗으면서 그렇게 우는데
상온동물인 나의 허물 벗는 아픔은 처연凄然한 시가 되었다.
나의 성체成體는 겹겹이 허물투성이
양파가 그러하듯이 껍질과 껍질 사이엔 눈물만 있듯이
벗기고 나면 실체는 없고 눈물자국만 남는 상처를 내보이는 것이
부끄럽고 두렵기만 하여 몇 날 며칠 망설이다 노심초사 끝에
108겹을 벗긴다.

2015년 韶光이 發하는 草田에서

장 종 국

|차례|

시인의 말

]부

3부

5부

1부

배꼽
문자

•

화아火蛾

해를 끄고 치르는 신성한 의식儀式
꽃불 벗고 생애 단 한 번 치루는
뜨거운 혼야婚夜
붉은 적삼을 벗는다
항라 치마를 벗는다
화아는 꽃불에 몸을 바친다
시시한 백 년의 사랑보다
단 한 번의 뜨거운 사랑이여

달은 켜고 치르는 신성한 의식
꽃불 벗은 생애 단 한 번 품어보는
뜨거운 침방寢房
붉은 적삼의 소멸이다
항라 치마의 소멸이다
화아는 꽃 몸속에 한 몸이 된 무덤
시시한 백 년의 침방보다
단 한 번의 사랑은 자유로운 완성

별을 닦아 밝히는 신성한 의식
꽃불 벗고 생애 단 한 번 떠나는

빛나는 여행
붉은 적삼의 활공이다
항라 치마의 활공이다
화아는 꽃 몸속에 한 몸이 된 휘발
시시한 백 년의 서성거림보다
단 한 번의 활공으로 별바라기가 되었다

* 火蛾 : 불나방

등아燈蛾*

꽃불을 사랑한 죄 어리보기 맹목비행
애초부터 착륙지점이 없는 벼랑
호롱 속 홀로 흔들리는 길 잃은 날개의 안식처
기다림은 허사 Love is blind.
투명한 눈속임을 읽지 못하는 눈뜬장님
울부짖음은 사치 Love is blind.
호롱 속 흔들리며 홀로 타들어 가는 외로운 심지
아蛾! 이는 절규 Love is blind.
투명의 장벽은 적멸보궁처럼 은밀하고 멀기만 한데
태우지 못한 생무덤 Love is blind.
해독 불능한 투명문자는 너무 어려워
보이지 않아 부닥치는 장벽은 너무 두꺼워
불신佛身의 세상 불신不信이 너무 많아
Life is blind.
−미래도
−기억도
−자비도
−보살핌도
아蛾야가 내게 건넨 풀지 못한 숙제
나는 절대 깨어나지 않고 노래 부르지 않으리

* 燈蛾 : 불나방

17

눈물주머니 웃음주머니

양파껍질 속 알몸은 고혹적이다
풍만하고 미끈한 엉덩이를 만지는 기분
아니면!!!???
주어진 숙제처럼 까라면 까고 보는데
까면 깔수록 꺼지지 않는 여체의 연속
껍질과 알맹이의 경계가 모호하다
붉은 망사 속 한 자루의 양파를 까면서
붉은 망사 속 한 자루의 양파를 벗기면서
붉은 스타킹 한 짝을 벗기는 망념妄念을
붉은 스타킹 한 짝을 마저 벗기는 망념을
코끝이 찡~하면서 재채기가 터진다
코끝이 찡~하면서 눈물이 난다
지금 까고 벗기는 붉은 망사 속의 하얀
속살이 유혹의 눈물주머니라니
그러고 보니
양파 모양은 눈물방울 그린 그림 같아 보인다
껍질과 껍질 사이엔 눈물만 있을 뿐
몸통과 몸통 사이엔 눈물 같으신 분
찔끔!!!???
망념과 망념 사이엔 동그란 웃음만 있을 뿐
망념과 망념 사이엔 동그란 얼굴 같으신 분
빙긋!!!???

혀끝과 칼끝

어쩌면 그렇게 닮았을까
대장장이는 혀끝을 보고 칼끝을 다듬었으리라
혀가 먹는 것은 밥이다 뿐만 아니라 말을 벼린다
혀끝에서 녹인 사탕발림으로 마음을 베어 사랑을 얻는다
칼끝을 놀려 일으킨 전쟁
혀끝은 무수한 승자와 패자를 만든다

입안에 감추고 있는 혀끝으로 밥을 썰고 말을 벼리고
모래 속에 몸을 숨긴 타란툴라처럼
칼집에 숨어 있는 칼끝 모두 만물을 베고 피를 부른다

위선자는 혀끝을 붉혀 위선을 외치고
구원자는 혀끝을 붉혀 구원을 외치는 세歲밑
거리마다 혀끝과 칼끝이 난무한다

시인의 혀끝으로 읽히는 서정시 한편으로 칼끝이
무뎌지는 송년 인사동의 취한 밤은 베어지고 있다

행선지를 모르고 광光을 낸다

오늘도 신발은 행선지를 모르고 광을 낸다
이골이 난 강아지처럼 충실하게 꼬리친다
반지하 동굴은 늘 땀에 젖어 기진맥진
열중쉬어 차렷 자세 충성심 하나로 복종만 있을 뿐
오늘도 신발은 노예처럼 행선지를 묻지 않는다
133근의 주인장 몸무게 줄지 않고 걷는 길
검은 혓바닥으로 핥아 삐딱해진 뒤축
오늘은 누구를 만나는지 콧등 문질러 때 빼고 광을 낸다
광택 속의 내 얼굴도 모처럼 반짝이며 덩달아 기분이 좋아진다
오늘은 누굴 만나는지 궁금하기도 하다
그 사람의 첫 인사
때 뺀 얼굴에 광택이 죽여줍니다.
이런 소리 들으면 덩달아 기분이 좋아지는 이유를
신발콧등에 도회의 먼지가 삶의 고된 더께로 앉았을 때
귀갓길 주인장 몸무게는 천근의 추錘다
오늘도 신발은 행선지를 말하지 않아도
나를 믿고 삶의 무게와 함께 운명처럼 떠나는
이골이 난 강아지처럼 충실하게 꼬리치는 신발
제발 돌부리만 차지 말아달라는 부탁의 말씀

먹고 또 먹고

먹고 싶은 것도 많고 못 먹는 것 없는 속세간俗世間 사람들 먹성도 좋은지라. 설날 아침 일족들 모처럼 해후하여 떡국 끓여 먹고 한 살 더 먹고 담배 못 끊어 작은 오빠 욕먹고 형제자매들

고스톱 한판 벌렸어라. 못 먹어도 고! 외치다 오광 먹다 왕창 먹으려다 물 먹고 엄청 열 받았어라. 여동생 속여 먹다 들켜—오빠는 비겁해. 욕먹고 대머리 긁고 고양이가 무서워 겁먹은 조카 녀석의 상태는 얼음. 어디 못 먹는 거 있으면 나와 보라지. 떡 하나 주면 안 잡아먹고 젖 먹던 힘으로 싸워 이긴 왕년의 권투선수 왈 감동 먹고 엄마 나! 챔피언 먹었어라. 먹고 죽은 귀신 때깔도 좋다는데 먹을 수 있으면 먹고 볼 일. 잘 살고 못사는 것 마음먹기에 많기도 달렸는지라. 에덴동산에서 금단열매 따먹다 딱 걸린 이브. 뱀이 시켜서 따 먹었다고 위증한 기라. 억울타 땅을 치며 통곡하다 끝내 일어서지 못하고 영원히 기어 다니며 독을 품은 신세가 되었는지라. 속세간 티브이 신문 들여다보면 뇌물 먹다 신세 망친 사람 많기도 한 기라. 못 먹는 놈 병신이라 그거지. 나 보고하는 소리 같기도 한기라.

포장을 벗기면

헛간시렁에
켜켜이 먼지 쓴 상자 뚜껑을 벗기니
종합선물상자 투명한 속껍질 속 영근 꿈이
마중 나온 봄빛에 와르르 무너진다
얼은 꿈 녹이려 나뭇가지마다
망울망울 매달린 젖꼭지에 바람이 옹알옹알

배부른 바람이 빨갛게 불어와 입 맞추고
배부른 바람이 노랗게 불어와 잡아 주고
배부른 바람이 파랗게 불어와 안아 준다

안방샌님 가슴에 감추었던
비밀이 켜켜이 낀 상자의 뚜껑을 벗기니
종합선물상자 누에고치 속 영근 꿈이
마중 나온 봄 냄새에 사르르 벗겨진다
꿈에 젖은 몸을 말리려 나뭇가지 마다
망울망울 매달린 누에고치에 바람이 옹알옹알

열쇠 든 바람이 빨갛게 불어와 끌러놓고
열쇠 든 바람이 노랗게 불어와 풀어놓고
열쇠 든 바람이 파랗게 불어와 벗겨놓는다

장구 소리

신도시 빛나는 이름에 밀려나 지워진 촌사람들 식솔 데리고
초원에서 풀 뜯는 눈망울 큰 노루의 배고픈 하루는 궁窮
수노루의 궁한 울음소리는 목쉰 들개처럼 짖어댄다
수노루와 들개의 소리 공통점은 공복의 공명음共鳴音
육신을 팔아먹고 육신을 부르는 초원의 장구 소리 궁궁宮窮
열채로 채편을 두드리면 들개의 짖어대는 소리가 들린다
억센 풀을 뜯다 쫓기는 비명 송곳니로 비명을 뜯는 소리
신도시에 밀려나 억센 풀을 뜯어먹는 수컷의 뿔은 허세
죽어 가죽으로 남아서도 가난은 운명처럼 만난 궁
궁채로 두드리고 열채로 몰아치는 장구 소리는 어둠의 소리
옛것을 허물고 존재하고 헌것은 존재하지 않는 신천지일까
장구 소리
생전의 반대쪽을 기억하고 죽음의 반대쪽을 기억하는 소리

참 다정한 말

무뚝뚝하면서 다정한 말 경상도 사투리
-콩 한 쪼가리도 갈라 묵으레이
-니 하나 묵고
-내 하나 묵고 반 쪼가리도
한 쪼가리로 알고 갈라 묵고도
배부르던 시절

다정하면서 무뚝뚝한 말
-콩 한 쪼가리 갖고 와 카노
-갈라 묵을 거 뭐 있노
-니 꺼 어딘노 말캉 내 꺼다 카이
혼자 묵고도 배고픈 세상

무뚝뚝하면서 무서운 말
통째로 묵어도 배고프다며
-니 꺼 어딘노 말캉 내 꺼다 카이
빼앗아 묵고 쪼개지는 세상

-콩 한 쪼가리도 갈라 묵으레이
다정한 말 한마디

참말로 그립습니데이
–어디 묵는 것만 그런 기요
–사랑도 쪼개 먹던 시절 아름다웠지예
–내, 니 사랑한데이
–니, 내 사랑하노 가시네야
–문디 머시마야 참 그립데이

해와 달 보레이
낮과 밤을 사이좋게 갈라 묵는 거
또 그립고 아쉬운 하루가 간데이

빨래

보호색을 띠고 숨어있는 범인을 색출하기 위해
묵비권을 행사하는 피고의 자백을 받기 위해
비틀고 뒤집으며 곤장에 주리 틀어 물고문으로
강요당해 위장해서에 살고 있던 과거의 얼룩과
필요할 것 같아 숨겨 놓은 추억들의 변화를 야기시켜
빠져나가는 신음 왜곡된 거짓말까지
우뇌와 좌뇌에 저장된 기억들을 깡그리 소멸시킨다
뱀허물처럼 가볍게 투시된 상반신 바람에 거들 건들
삶의 빚을 탕감한 가벼운 세상에 환골탈태
오욕의 죄인 되어 백치白幟처럼 펄럭이는 심판

전과자의 오명은 일사부재리원칙에 의하여 사면됨

수직과 수평

수직으로 흐르는 만년필로 쓴
시 한 편이 그늘에서 수평으로 졸고 있다
수직으로 심은 봉선화
슬픔이 가슴께로 흘러 눈물짓고 지우고
기쁨이 가슴께로 흘러 웃음 짓고 지우고
웃음이 수평이라면 울음은 수직이다
빌딩을 오르는 계단은 수직과 수평의 짜임새
사람들은 힘들다며 승강기로만 오르내리고
수평을 뭉개버리고 있다
너도나도 일확천금을 수직으로만 노리고
주식시장의 주가도 수직으로 급하강하고 있다
신들의 제사장도 대답이 곤란해지면
수직과 수평의 십자가를 뚝딱 못질하고 있다
-그게 아니야, 아니야
-그래, 그래 그게 맞아
수직의 끝은 수평
수평의 끝은 수직
내가 수직이라면 너는 수평이다
네가 수직이라면 나는 수평이다
수직과 수평의 균형이 깨지는
그런 세상 되어버렸다

두레우물

영원히 마르지 않는 샘인 줄 알았지
손바닥 부르트도록 두레박줄을 꼬았지
퍼낼수록 마르는 그것은 사랑이었지
목마른 사랑의 우물 갈증을 마시며 울고 있지

퍼 올려도
퍼 올려도 마르지 않는 우물 있지
발바닥이 부르트도록 두레박을 메고 뛰었지
줄지 않고 솟구치는 우물물
그것은 세월이었지 그리고 웃고 있지

사랑의 우물은 마르고
두레우물에 비쳐 지친 얼굴
얼굴 뒤에 가을하늘이 퍼렇게 비치고 있지
가을하늘만큼 깊은 우물이 있지
그것은 세월이 접은 주름이었지
사랑은 울고
세월이 웃고 있는
그것은 깨진 꿈이기도 하였지

똥

소리만 들어도 얼굴 찌푸리며 코부터 틀어막는다
입구로 들어올 때 만국기 흔들며 환영하더니 막상
출구로 나오니깐 얼굴색 하나 변하지 않고 외면당하는 똥
은 배신감 때문에 더더욱 독해진 냄새

산야의 꽃향기 모두 똥 냄새다
햇빛 두르고 마신 물 나무둥치 속을 거쳐 배설한 향
모두가 똥 냄새다 지금 씹어 삼키는 능금의
달콤한 맛도 능금나무의 똥이다

똥이란 단어의 비의성秘義性
탐욕을 삼키고 배설한 똥에선 악취가 풍긴다
똥은 생명의 산증인
첫눈이 내린다 구름의 하얀 똥이 산야를 덮는다
구름의 똥을 밟는 소리 상쾌하다

어린이 동화책 제목에 똥이란 단어만 붙이면 잘 팔린다
똥개를 왜 똥개라 부르는지 아는 사람 손들라 하면
요즘 아이들은 고개를 내저으며 모르는 소리란다
어릴 적 아주 오래전 아이들이 똥을 누고

워리워리하고 부르면 달려와서 똥을 먹어 치운다
그래서 똥개라 부른다

똥의 고향은 흙이다
화학비료가 없던 시절 똥은 퇴비였다
흙을 좋아하는 똥
밤하늘의 별들도 지구를 향하여 똥을 눈다
살아있는 것들만 똥을 눈다

개똥쑥

"저놈의 짐승 아무 데나 똥 싸고 있네"
풀이 내지르는 소리
"사방천지가 다 내 똥간이야" 대꾸하는 짐승
"내 이름은 사람들이 '개'라 칭해"
"풀아, 너 이름이 있기는 하니"
"너의 그 못된 똥 싸는 버릇 때문에 내 이름은 개똥 옆에서
쑥쑥 자란다하여
'개 똥 쑥'이라 불리고 있지. 개똥 밟아 재수가 없다는 거야"
"하고 많은 이름 중에 개 똥 쑥이 뭐란 말이야"
"허긴 나도 마찬가지야, 사람들은 '개'라는 이름을 천하게
여기고 있어"
"허긴 개만도 못한 놈도 있다고 저희들끼리 그러긴 하더라"
그런데 언제부터인지 변고가 생겼어

개 왈왈
"여름만 되면 나는 보신감이 된단 말이야, 여름이 무서워"
"그런데 이젠 사람들보다 팔자가 좋은 놈도 많거든, 개 팔
자가 상팔자라나"

개 똥 쑥 왈왈

"내 팔자도, 개 팔자하고 안 바꿔준단 말이야"

"나야말로 지상에서 최후를 맞고 있어 그리고 씨가 마르고 있어 만병에 좋다고

나를 뿌리째 뽑아 삶아 마시고 부셔 먹고 우려먹고 담가 먹고 있으니 말이야"

"허 참, 세상 오래 살고 볼 일이야"

"개라는 성을 가졌으니 영광으로 알아라, 쑥아"

"그런 말 마, 개라는 성을 가졌기에 고통과 수난의 세월을 맞고 있지"

"개 같은 세상이야"

"그래 개 같은 세상이야"

나이를 묻다

　나이를 먹어갈수록 숨기고 싶은 심정 되묻지 말아다오
　나이를 거꾸로 센다는 미얀마의 올랑카 부족은
　출생하면 60살 먹고 60이 지나면 0살이 된다는 셈법이 멋
지다
　나의 성장 나이는 몇 살로 정해야 하나 지금부터라도 거꾸로
셈하자
　그래 나는 자꾸 젊어지고 있어 숫자로만 그렇다는 이야기지
　실제로 젊어지는 것은 아니지만 그렇게 셈하고 싶다 기분이
좋아지는 걸
　나이를 거꾸로 먹다 죽으면 젊어서 죽는구나 생각하니 재
미있다
　신체의 기능은 쇠락하지만 분명히 시는 싱싱하고 젊어져야 돼
　시마저 늙어진다면 나이를 거꾸로 먹을 필요 없을 테니깐
　하룻밤 자고 나면 나는 젊어지는 한국판 올랑 사키아 부족
이다

가벼워지면 날 수 있다

새 뼈가 그렇다 날기 위해서
뼈에 구멍이 많아야 했다
하늘은 무거운 짐을 싫어하니까

건강검진 담당의사가 가볍게 내뱉는 말
─선생님 뼈는 골다공 증세가 아직은 없습니다.
그래도 운동 열심히 하고 잘 먹으란다

(나는 뼈대 있는 집안의 자손이니까)

나이를 먹으면 사람의 뼈도 그렇다
하늘을 가벼이 날기 위해서
뼈 틈새에 스며드는 바람이 시리다
다공질의 뼈는 가벼워지는데
몸무게를 지탱하기엔 역부족이다

(먹이가 달랐어, 욕심을 먹었으니까)

전철역 계단을 오르내리며 가벼움보다
시큼한 무릎은 무거움을 짊어지기 싫어한다

뼈는 다공질. 살덩이 무게는 늘어만 간다

내 뼈는 늙어가면서 가벼워질 것이다
하늘을 가벼이 날기 위해서

줌마 씨의 반란

집도의執刀醫 수술실 들어가지 직전의 비장함으로
굵은 손마디를 넘지 못해 낑낑대는 붉은 고무장갑을
연신 끌어 올리며 내뱉는 소리
-너, 오늘 내 손에 죽었어!
회심의 미소를 엄니에 물고 넓적한 항아리 주둥이에
비장의 무딘 칼날이 쓱싹쓱싹 햇빛을 받아 파랗다
포동포동한 육체가 붉은 손아귀에 잡히는 대로 토막 난다
날렵한 집도의의 손놀림으로 들어낸 내장에
소금으로 소독된 붉게 물든 물질로 봉인된다
오늘 수술이 궁금해
지그시 눈을 감고 내장 한입 베어 씹더니
끄덕끄덕하는 품새가 흡족한 수술인가보다
수술실바닥은 온통 붉고 비릿한 냄새로 흥건하다
마취된 몸들은 오지항아리에 차곡차곡 누여 밀봉된다
총각이란 이름 단 놈도 숱하게 아그작났다
줌마 씨는 붉은 고무장갑을 까뒤집으며
-휴우~ 나, 이제 살았다. 접힌 허리 툭툭 털면서
방긋 웃는 입가에 햇살이 발그레 물드는 저녁 답

2부

네모가 품은 동그란 꿈

네모난 마분지 텅 빈 사과 상자 속 사과는 오리무중
텃밭에서 거둬들인 방 없는 감자에게 겨울 동안 내주기로 함
네모 안은 둥근 몸들이 뒤섞어 동안거 중
네모난 아파트 속엔 잠이 없는 둥근 삶들이 반짝거림
네모난 열차를 타고 줄행랑친 사랑을 뒤쫓고 있음
동그라미는 휴식 없이 피곤하며 네모는 처절한 외로움
양지든 앞마당에 얼음새꽃봉자리 노란유두 볼록함
감자가 세든 방안에서 역한 냄새로 어둠을 게워냄
아뿔싸, 동안거 중인 감자의 존재를 잊고 있었음
뚜껑을 여는 순간 자르지 않은 탯줄이 노랗게 달려있음
나요! 나요! 파란 손 노란 손을 흔들고 있음
그러고 보니 오늘이 올챙이 알 푸는 경칩임
생명은 둥글다 둥글지 않은 생명을 본적 없음
네모는 불을 끈 어둠에서 생명을 만들고 낳음
네모난 침대에서 만들고 태어난 생명은 둥금
네모가 품은 영혼열차를 타고 우주여행을 함
영혼열차는 바퀴가 없고 날개가 달렸다 함

수상한 숲

숲 속 소리가 수상한 장산 기네밋고개
상수리 숲에서 은밀한 소리가 포착되고 있음
'호호호 호케꾜 케꾜 케꾜 호호호 호케꾜'
간밤에 임진강을 침투한 간첩의 은밀한 암호 소리
식은땀으로 흠뻑 젖은 속옷이 냉장고 속처럼 서늘함
발걸음은 천근의 추가 짓눌러 움직이지 않고 있음
신고할까 말까 손전화를 더듬는 손이 뻣뻣해짐
바람 한 점 없는 숲 속엔 팽팽한 적막으로 캄캄함
오른쪽 상수리에서 왼쪽 상수리로
왼쪽 상수리에서 오른쪽 상수리로
끝일 듯 말듯 타전하는 암호 소리
'호호호 호케꾜 케꾜 호호호 호케꾜'
나뭇잎조차 미동임 숨죽인 숨소리도 웅변으로 들림
순간 푸드덕 적막을 깨트리는 다갈색의 날갯소리
밀회의 은밀한 장소를 들킨 한 쌍의 휘파람새 나무를 옮김
나의 이 부끄러움 새의 은밀한 속삭임을 염탐했으니 말임
땀구멍에선 막혔던 땀이 다시 솟고 속옷도 상온으로 덥힘
'호호호 호케꾜 케꾜 케꾜 호호호 호케꾜'
휘파람새의 웃음소리가 영롱하게 들림
계면쩍게 기네밋고개를 내려오는 이른 아침
이 싱싱함

그리운 것은 모두 멀리 있다

그리운 것은
밤하늘에 꼭꼭 박혀 있는
별

그리운 것은
가슴 속 깊이 움트고 있는
사랑

그리운 것은
어둠 속 깊이 숨어있는
꿈

그리운 것은
멀리 길손 되어 떠나는
여정

그리운 것은
먼바다에 있어 흐르는
강

그리운 것은 모두 이름표 달고
그리운 것은 모두 시가 되었다

투명 속 덫

덫은 투명 속에 숨겨져 있었다
하늘과 구름에 속은 어린 박새
투명한 유리창에 부딪치는 소리 탁! 하고
떨어지는 소리 툭!
태어나 하늘 한번 구경하지 못한 여린 박새
아침 햇살이 싸늘하다
채 만들어지지 않은 핏줄
핏자국도 없이 죽은 어린 박새
세상이 온통 투명으로 보였나보다
어미 박새는 날갯짓만 가르치고
투명 속 덫에 대하여 가르치지 않았나보다
하늘과 구름이 유리창에 내려와
어린 박새의 영혼을 거두는구나
하늘과 구름 빛이 어두워진다
삶은 투명 속에 있었다
투명 속에 덫이 있었다

있다

도끼를 추켜들고
내려치는 굴참나무 토막 속에 갇혀
있다
날개돋이를 꿈꾸는 사슴벌레 숨어
있다
불쏘시개로 태워지는 애벌레 구할 수
있다
우화등선羽化登仙하여 날 수
있다
불꽃이 튄다
불꽃이 진다 재가 되어 날고
있다
사슴벌레 날 수
있다
도끼를 추켜든 팔 날고
있다

사과껍질

사과 껍질째 베어 물던 아이
사과나무 아래서 덥석 깨문 사랑이 아프다
지금도 그 사과나무에 초록그리움이 열릴까
아픔으로 익은 사과는 지금 꽃을 피울까
사랑의 약속이 둥글게 열리고
이별의 약속이 둥글게 열리고
사과나무 아래서 덥석 깨문 약속을 기억하고 있을까
붉은 껍질을 뱀 허물처럼 발라먹는 이유는
그때를 기억하고 싶은 아픔 남기려는 허물일까
껍질째 깨문 사랑의 맛은 새큼하고
껍질을 벗겨 먹는 사랑의 맛은 들큼해
사과나무를 기억하고 있는 초록구름 이는 언덕
까까머리와 단발머리가 나누었던 사랑 이야기를
지금도 기억하고 있을까
사과는 초록껍질 채 새큼하게 베어 먹는지를
사과는 붉은 껍질을 뱀 허물처럼 깎아 먹는지를

거세당한 사랑

좀처럼 볕들지 않던 안방 발코니
늦가을 게으른 햇살이 혓바닥을 널름거리며
그늘을 핥고
네 살배기 깜상도 날름거리며 뱃가죽을 핥는다

늦가을 늘어진 햇살이 가던 길 외돌아
발코니에서 낮잠에 코 골아 떨어진 오후
네 살배기 깜상도 햇살을 베고 늘어지게 자고 있다

아랫배가 늘어진 깜상을 데리고 골목 걸으면
궁금한 이웃이 새끼 배었냐고 묻는다

늘어진 슬픈 뱃살이여
깜상이 입양되자마자 호수공원 앞 동물병원에서
사랑의 봉다리에 새끼를 담지 않으려
암컷을 거세당했다
그러니 암컷도 수컷도 아닌 중성인 셈이다

인간의 탐욕으로
사랑의 봉다리를 거세당한 슬픈 뱃살
늦가을 게으른 햇살이 핥아주고 있는
서글픈 오후

새소리, 새 소리

……를 놓고
울음도 아니다
노래도 아니다
불음不音이다
거기 있으면 대답하라는
거기 없으면 대답 말라는
불음이다
죽음을 불음도 아니고
생의 불음이다
생은 불음
꽃을 불음 나무 끝에 도두앉아
그대를 불음
그대는 불음
사랑은 不音

원룸

온몸 살러 마음속 깊이 숨겨놓은
순백의 실을 토해
하얀 원룸 한 채 짓고 있는
누에 한 마리 뽕나무
잎사귀에 꿈틀대며 꿈 틀을 짓고 있다

사랑이라는 거추장스러운 말 모르는
백치 같은 여자 하나 꼬드겨
잠견사로 칭칭 감은 비단이불 속
아무것도 걸치지 않고
알몸으로 잠들고 싶은

백치 같은 여자의 기억과 속옷과 신발을
씨줄과 날줄로 촘촘히 고치 속에 숨겨 놓고
날개마저 꿈 저편으로 퇴화시켜
그리움마저 지워버리고 살고 싶은
원룸 한 채 분양 중이라네

눈의 유통기간

세상에서 유통기간이
가장 짧은 상품은
첫눈
깜짝

세상에서 유통기간이
가장 짧은 사랑은
첫눈 위에 쓴
첫사랑
깜짝

탈옥을 포기한 풀

텃밭
주인의 손아귀에 낚아채어 설렁설렁 냉수욕 마친
풀밭
두드림 없이 불쑥 쪽창 열고 들이민 노을일 때
술청에 수청 든 기생처럼 반듯이 누웠다
만면滿面에 능글맞은 미소를 머금고 침을 꼴깍꼴깍
텃밭
주인은 푸른 나신을 쓰다듬어 손바닥 펼치더니
삼겹살 한 점
청양고추 마늘 한 점 막장에 쿡 찍어
회심의 미소를 띠며 질겅질겅 씹히는 풀의 운명
풀의 비명은 욕정에 굶주린 텃밭 주인의 어금니에
씹히며 어둡고 긴 위장막 속으로 떠나는 여정旅程
풀은 영혼을 찾으려 탈옥을 꿈꾸었을까
탈옥을 포기한 풀들이
하얀 접시 위에 운명처럼 반듯이 누워 몸을 바친다

헐렁한 노래

분리수거함 속에 버려진 과거 멀쩡해 보여
카세트테이프가 아까워 몇 개를 슬쩍했음
낡은 카세트가 파리 삼키는 두꺼비처럼 테이프를 꿀꺽했음
여름날 엿가락처럼 노랫가락이 흐늘쩍거려
과거는 낡음 기억력감퇴 노래가사를 더듬는 테이프
간신히 꿰맴질한 노랫말 "사랑은 눈물의 씨앗"이라나

분리수거함 속에 버려진 꽃병 멀쩡해 보이 길래
한 개를 슬쩍하여 눈물의 씨앗을 심어 놓고
눈물로 피워야 되는 사랑을 기다려볼까 하다
빛 잃고 눈물 마른 몸뚱이는 꽃을 피우지 못하지
헐렁하게 부르는 "사랑은 눈물의 씨앗"으로
핀 꽃은 무슨 색깔일까 골몰하다가
피워내지 못하는 사랑의 씨앗을 다시
분리수거함 속으로 보냄이 올을 것 같음

나르시스 장미

지난해를
복습하는 장미넝쿨 해 바른 담장에 꼬고 누워
긴 허리와 다리를 드러낸 요염한 자태
아름다움에 스스로 취하여 찌른 심장
나르시스 우물처럼 핀 핏빛장미
주지 못한 사랑은 얼마나 슬플까
나만을 사랑한 상처에서 풍기는 향기는 두렵고
내 몸을 찌른 가시 끝에 아픈 웃음이 날카롭다
줄 수 있는 사랑보다 더 아름다운 사랑이 또 있을까
5월의
해 바른 담장에 앉아 장미는 슬픈 노래를 부른다
누구나 자신의 얼굴만 비치는 우물을 파고
누구나 자신의 얼굴만 쳐다보는 거울을 건다
나 아닌 너의 얼굴이 비치는 우물은 누가 팔까

틈발闖發

어금니만 해도 난공불락의 성처럼 견고했어
몸을 통과하는 딱딱함 물렁함 맹물도
어금니의 검색을 거쳐야만 몸속으로 들어갔어
어느 날부턴지 난공불락의 어금니는
봄바람 마신 빙벽처럼 흔들리기 시작했어

방목하던 말들이 울타리를 쓰러트려 벌판을 띄듯
몸속을 통과하는 물체들은 검색대를 무시했어
아팠어, 영원하리라던 어금니
허물어진 옛 성 돌들 그 자리엔 금속으로 채워지고
성벽은 튼실하게 쌓아 영원하리라던
역사의 설계도는 수정되어야겠어

돌담만 해도 난공불락의 성처럼 견고했어
빗물조차 침투할 수 없었고 개미 새끼 한 마리도
얼씬하지 못했어 어느 날 부터
돌담틈새로 노란깃발이 꽂혔어 깃발 아래로
군단의 세균들이 거리낌 없이 드나들더니만
안질방이 꽃이 피고 생명의 길이 트였어
허물어진 성터엔 서글픈 사랑이야기와
무용담만 전설로 남아있었어

끈 떨어진 풍선

임지나루축제는 끝나고 끈 떨어진 오색풍선
엉덩춤 추며 갈 곳 있는 가오리연처럼 날고
바람마시다 배터진 놈만 발 앞에 쭈그려있다
풍선을 동여맨 배꼽이
내 배꼽 닮았다
나도 한 때는 탯줄에 매달린 적 있었다
어둠이 빚인 뱃속에서 탯줄로 어머니를 파먹고 살았다
어머니의 콧노래보다 몇 갑절 많은 탄식소리 들었다
우주공간 달나라를 유유자적하다가
바깥세상이 그리워 눈코 입이며 사람의 탈을 쓰고
탈출을 시도했다
누군가의 손끝에 의하여 탯줄은 잘려나가고
어머니는 고통에 울고
나는 두려움에 고고하게 울었다
어머니의 품을 야금야금 할퀴며 파먹었다
오색풍선은 가오리연마냥 뒤돌아버리지 않고
매정하게 날았다 내가 버리고 떠나온 것들
모두가 바람을 잃고 끈 떨어진 풍선이 되어
발아래서 쭈그려있다 배꼽만 들어낸 채
삶은 끈 떨어진 순간부터 생채기며 고통인 것을

내가 버린 오늘

오늘을 버리고
오늘에 와서
내가 지워버린 오늘을 그리워한다
오늘을 지워버리는 강물이 흐른다
내가 지워버린 기억 속에
지워진 이름 하나 불러본다
지워버린 이름의 첫 글자를 잃어버렸다
오늘이 등 떠밀려 바람이 분다
지워진 이름 하나 불러본다
지워버린 이름의 마지막 글자를 잃어버렸다
오늘을 버리면
오늘의 문이 잠긴다
지워버린 오늘의 잠긴 문을 열어보려 기도를 한다
지워버린 그리운 사람의 이름 세 글자
첫 글자 아니
마지막 글자만이라도
내가 버린 오늘에 와서 불러본다
사랑했던 사람들의 이름을 불러보는
오늘

꿈밭

늘 비어있지요

흙 없는 흙밭에
꿈 씨를 뿌려본들
꿈은 움트지 않지요

씨 없는 씨앗으로
꿈 씨를 심어본들
꿈 꽃은 피지 않지요

꿈 밭엔 꿈만 심지요

늘 어둠만 있지요

불 없는 불 밭에
불씨를 지펴본들
불꽃은 피지 않지요

어둠에 별을 심지요

뫼 꽃은 뫼 꽃인지라
절로 피고 절로 지는데

꿈 꽃도 뫼 꽃 닮아
절로 피고 절로 지는지라

꿈은 내 것이 아닌
꾸는 자의 것이지요

빙의氷衣

음기를 흡착하여 빙의를 걸친 정월의 언 나뭇가지 끝에 맺힌
물안개의 결정체 접영을 포기한 기러기무리 혀끝이 시리다
신새벽 임진강은 빙의를 두껍게 껴입은 주인 없는 빙원이다

양기가 파평산을 넘어 화석정 언 잠 깨워 기지개 켜는 시각쯤
언 가지 끝 빙옥을 떨구니 기러기무리 부리 끝에 물기가 돈다

빙의를 벗기는 햇빛정략 강은 시린 몸 녹여내며 가슴을 보인다
빙의를 녹이는 햇빛전략 강은 얼은 몸 녹여내며 마음을 보인다

기러기무리 벗어난 몇 마리 슬그머니 강 품에 안기며 깃을 턴다

시린 강은 어머니 마음속으로 흘러 부동항에 닻을 내리리라
시린 강은 어머니 마음속으로 울어 부동항에 닻을 내리리라

3부

그림자가 있다는 것은

절벽과 절벽을 성큼 뛰어넘는 그림자
가파른 절벽 앞에 선 공포의 그림자
떨고 있는 사내는 앞길이 절망이라고
말하려는데 등 뒤를 다독이며 다가선 빛이
짙은 그림자일수록 빛이 가깝게 있다는 증명
그림자는 두려움의 대상이 아니라 고개를 돌리면
쥐어지는 한 움큼의 빛이 있다는 것을

절벽과 절벽 사이 부풀어 오르는 숨소리
대장장이 망치 소리로 시퍼렇게 날 세우는
파도소리
그림자를 앞세워 빛에 쫓기다 넘는 절벽 위에
외로움이 외로움을 뛰어 넘고
쫓아온 사랑이 등을 떠민다
그림자
길게 외로움을 껴입고 하루를 투신投身한다

그래서

힘들어!
삶이
그래서 삶이지요

힘들어!
길 없는 길 찾느라
그래서 걷지요

힘들어!
일하는 몸뚱이
그래서 땀 흘리지요

힘들어!
찢어진 사랑의 날개
그래서 외롭지요

힘들어!
이루지 못하는 꿈
그래서 꾸지요

힘들어!
그래서
살고 걷고 일하고 사랑하고
꾸고 목 놓아 부르고 쓰고
살지요

붉음 한소끔

붉디붉게
당신이 차린 저녁밥상이어요

해거름의 강은 하루에 취해
꾸룩꾸룩 헛구역질하고
얕은 산은 하루를 걸은
피곤한 발에 구름버선 신지요
당신이 차려 놓은 가을을
당신이 추수하는 들판
혈관이 막혀 핏줄을 뽑지 못한
잎들이 몸을 던지는
해거름의 붉음 한소끔
데워진 가슴을 식힐 당신이 없어
가슴만 도려내 버릴 거예요

붉디붉게 이정표 없이
당신이 만든 저녁 길을 따라갈래요
붉음이 사라져 검은 밤 되면 당신을
꿀래요

그래도 되지요

파리 날리는 나비

파리 날리는
오일장 어물전 좌판에
모기 향연이 사든다

파리 쫓는 어물전좌판
바다가 토한 생선
눈망울 고였다

전자식 파리 쫓는 무당나비
좌판을 맴돌며 푸닥거리한다

모기 향연이 역하고 매워도
나비가 엉덩춤을 추어도
부릅뜬 눈 감지 못하는 생선 팔기는
뒷전인 주인장 졸고만 있다

엉겁결에

문산역에서
물색안경 쓰고 이동식궤짝 끌고 외국 나들이 차림의 그녀
나보고 "어디 멀리 가세요"하며 호들갑이다
묻지도 않았는데
대뜸
"저, 동남아 다녀와요"
그런다

엉겁결에
나보고 "어디 멀리 가세요"하고 묻기에
멍해지면서 나도 어디 멀리 가는 것만 같아
"아, 네!" 혀끝은 살짝 위로 구부리고 유식한 척
"Golden Town가는 길입니다"하며 씩 웃으니
"아. 선생님도 외국 가시는 군요"
그런다

속에 말로 'Golden Town'은
금촌, 한자로 쓰면 '金村'이거든 이걸 영어로 말했겠다
그러고 보니 먼 곳을 다녀온 기억이 오징어 먹물이다
먼 곳이 어딜까
내 안에서 제일 먼 곳 한 번도 가보지 못한 나라

꿈나라가 존재한다

모래무덤

집 짓는 현장에 들르니 어제 바른
시멘트벽 하얀 얼룩 꽃 자국으로 피웠다
일산이 집인 김 소장 자유로가 교통체증으로 늦었단다
무슨 일인가 하고 시선이 꽂혀있는 벽을 두루두루 살핀다
얼룩 자국
강화 바닷모래라 마르면 배어 나오는 소금기란다
얼룩은 짜다
한강 모래는 강남이나 신도시 건설현장 때문에
싹쓸이해서 바닷모래로 미장 작업을 한단다
모래도 눈물을 흘린다는 사실을 시멘트벽의
하얀 꽃 자국을 본 연후에야 알았으니
나를 둘러싸고 있는 네모난 건물과 네모난 방
모래 무덤 속에 둘러싸여 살고 있다는 사실
밤마다 바닷모래가 품어내는 조가비의 이야기 소리
밤마다 꽃게잡이 어선들 출항하는 이선의 기관소리
만선으로 귀항하는 고깃배들의 갑판을 나붓대며
끼룩대는 갈매기 소리 백령도 점박이물범 소리가 환청으로
그 중 인당수에서 심청 애비 부르는 애달픈 소리 들린다
세상은 무덤 아닌 것이 없으니 말이다
시 제목을 모래성으로 할까 하다가

모래성은 쉽사리 무너질 터 어쨌든
모래무덤 속에서 생명이 움트고 사랑이 움트니 말이다

사랑껍데기

사랑에 껍데기가 있다면 벗겨야 할지 말아야 할지
거북이 등가죽처럼 죽어야 벗겨지는 사랑도 있을까
달팽이껍데기처럼 팽개친 알몸일까 까고 까는 양파껍데기 같은
사랑은 껍데기를 벗겨서 먹는 능금이래지
껍데기를 벗기며 칼날에 찔린 상처는 무혈무통일까
상처 없는 사랑 해본 사람 손들어보라지 나 말고 누구 말해봐
능금은 사랑의 은유를 통째로 먹어야 함에도 발라먹게 만든
날치기법은 악법일까 고도로 진화된 사람이 만든 율법일까
물컹한 속살로 태어나 가시나무 울타리를 넘는 무모無毛의
진화된 짐승 나는 상처를 벗고 상처는 나의 껍데기로 남아
스스로 껍데기를 벗어버린 달팽이 사랑을 촉수로 더듬으며
독을 마신다. 고
독을

잎들이 가출한 방

인기척 없는 엄마의 빈방
무국적 비바람 불던 밤
가을비 따라 잎들이 가출한다

불 꺼진 엄마의 빈방
적막이 무단 취식하는 방
불 꺼진 엄마의 검은 밤
그리움의 가족들이 떨고 있는 방
간혹 들리는 밀입국자들의 숨긴 발자국 소리
아하, 방향이 북쪽이랬지
가출한 잎들의 소식이 캄캄한 밤

엄마의 가슴에 생긴 옹이
엄마의 눈물로 생긴 옹달샘
물 찍어 사랑이 가출한 방
시린 손 불며 편지를 쓰는

밤, 밤, 밤

잇속 없으면 잇속 있으면

세상을 쪼개어 이쪽도 서보고 저쪽도 서보는 편향성 상실
잇속 없으면 가지 않고 잇속 없으면 오지 않는
잇속 있어야 오고 잇속 있어야 가야 하는 기회 망실
사랑도 잇속 이별도 잇속 친구도 잇속 형제도 잇속 없으면 망실
내겐 이미 잇속이 텅 비어 허허벌판임에 바람도 잠잠
내겐 이미 잇속이 텅 비어 허허벌판임에 사랑도 잠잠
내 생애 강을 건너고 산을 넘어도 찾지 못한 잇속
오오라, 잇속 없으니 바단들 파도가 일겠느냐 꽃인들 피겠느냐
겨울 강인들 철새가 오랴, 잇속 없음이 비움도 아니라 망실임

텃밭 고추 잇속 챙겨 빨갛게 익어 불꽃놀이하고 있구나
검붉게 농익은 무화과 잇속을 챙기는 말벌이 침을 꽂아놓고
화석정 앞 임진강이 잇속을 챙겨 바다로 내려가는 길 물으니
밤송이 잇속 빼앗기지 않으려 몸을 부풀려 가시를 곧추세우고
노란 땅콩 꽃 잇속을 챙기려 흙 속에 봄을 숨기고
산책 길섶 쑥부쟁이 조금만 더 보아달라고 잇속 웃음 지어 발걸음
붙잡아 놓고 웃으라 하니 웃어야 할지 말지 망설임

몸소리

몸통에서 밤새 쉴 새 없이 불규칙 신음으로 끙끙거림
밤새 앓았나 보다 네모난 방마다 신음으로 가득 차고
주방 한 끝자리 잡고 서 있는 상한동물常寒動物
한 몸에 두 개의 두 개 가슴을 지닌 특이한 체형
오른쪽 가슴은 영하 20도 왼쪽 가슴은 영상 3도를 유지하지
않으면
네모난 방에 자리 잡은 생물은 흐믈흐믈 연체생물로 변하여
상하고 있다 응급조치가 필요했다 응급전화 1588-XXXX
  냉동실 온도상승 중, 냉장실 온도상승 중, 응급구조 요청
에이에스맨의
  조치가 끝나고 상한동물의 신음은 규칙적으로 뛰었다 늘
아프다는 소리
두 개의 심장을 가진 상한동물은 잠이 없다 자면 죽는다
신의 노여움으로 벌 받는 죄인처럼 냉가슴을 앓고 있는 소리
지구가 앓고 있는 소리로 들어도 좋다 중증환자라니깐
몸통에서 나는 신음 우리는 날마다 신음을 먹고 산다니깐

밥도둑

도둑끼리 모여서 훔쳐 먹는 것에 대하여
머리를 맞대고 쑥덕공론 중
훔쳐서 먹는 밥이 맛있는 이유에 대하여
머리를 맞대고 억울하다는 둥
밥상공론으로 밥상 앞이 시끄럽다 훔쳐
먹어봤자 완전범죄가 아니라는 답
이유인즉 포도청 정문 목구멍을 통해야 된다는 점
살기 위해 먹는 밥을 먹는 밥도둑
종교에서 인간은 죄인으로 태어났다는 말
삶의 영존에서 먹고사는 것을 벗지 못하는 죄
자연의 곳간을 훔쳐 먹는 우리는 밥도둑
하나님이 만들었다는 밥을 허락받지 않고 훔쳐 먹는 밥
공범을 찾아야 한다 꼭
내가 살고 있는 임진나루에 숨어있는 밥도둑
참게장과 공범이 되기로 하였나 잠
어차피 포도청에 붙잡힐 몸
지문을 남기고 복면을 벗은 도둑들은 밥집 자동문이
당당하게 절로 열리고 있으니
나는 하루에 세 번 상습도둑이 되는 현행범
임금의 수라, 하인의 입시, 귀신의 메

감옥의 콩밥, 기승밥, 사잇밥 모두가
종교에서 인간은 죄인이라는 말뜻을 알았다는 뜻
죄인처럼 감사하며 먹으라는 뜻

도마, 착한 식당

살아 꿈틀대는 착한 장어 한 마리 죽기 싫어 발버둥 친다
제아무리 벗기지 않으려 요리조리 비틀거려 보았자
착한 식당 도마 위에서 두 눈 부릅뜨고 돌아 눕힌다
주방장의 날렵한 칼 놀림으로 착한 장어 예수가 십자가에
가시관을 쓰듯 정수리에 대못이 푹 박힌 채
껍질은 껍질대로 살은 살대로 뼈는 뼈대로 추려
착하게 나누어져 석쇠에 갇혀서 연옥에 떨어진 놈
지글지글 굽히는 놈, 착하다는 기호가 상표로
내걸리는 판에 착함은 착하지 않음의 노리개가 아닐는지
착하지 않은 놈이 더 잘살고 있는 세상에 도마는
착한 놈을 요리조리 돌아 눕히며 토막을 낸다
길거리에 내몰린 흔해 빠진 기호 "착한"

빨래판

세상살이
구중심처 계단을 할퀴며 오르던
어머니의 손바닥지문이 양각으로 굳어있다
양잿물 범벅인 비누로 치대어도 지워지지 않는
현악기의 울림통처럼 울던 악기
세상엔 주름 아닌 것이 없다
일렁이는 강 모래톱 파도로 지워지지 않는
열 손톱자국으로 남아
물고기 비늘처럼 반짝이고
읽지 않고 꽂혀있는 고서적처럼 낡아 있는
빨래판 골짜기로 깊게 패어져 있다

천사와 악마

천사는 하얀 날개 달린 예쁜 얼굴
악마는 검정 뿔 달린 험상궂은 얼굴
본적 없다

본 적 있다
뒷주머니 검정지갑 속 하얗게 접혀있다

천사와 악마는 불가분론不可分論
신사임당 세종대왕 퇴계 율곡
의 얼굴을 쓰고 있다

천사로 목숨을 살리고
악마로 목숨을 빼앗는
하얀색과 검은색의 불가사의不可思議

증명귀퉁이 속 굶주린 나는
천사 악마와 동거 중에 있다

직립연흔直立蓮痕

혼자 힘으로 직립하지 못하는 검은 필녀筆女
뒹굴며 반죽한 걸쭉한 검은 꿈
부르지 못할 이름 그에게는 목소리가 없지 필녀는
필남筆男이 무엇에 취해야만 찾는다는 제3의 여인이름
직립直立의 몸속에 걸쭉한 검은 피
하고픈 말 무엇에 취해야만 연흔을 돋을 새김하지
무언의 종이사막에 필녀를 일으켜 검은 말을 타고 쓰고
검은 말의 수혈로 종이사막에는 개울이 생기지
무언無言이 유언有言으로 자국을 남길 때 새겨진 고통
필녀는 필남의 손에 안겨 울고 손에 잡혀 죽고 있지
붉었던 피가 검은 피 되도록 죽은 사랑을 그리웠노라고
검은 밤을 깡그리 소진하니 하얘진 아침 얼굴
한 필로 짠 시는 직립한 필녀가 흘린 검은 핏자국
한 필로 짠 시는 직립한 필녀가 흘린 돋을새김 한 연흔

입, 하나 둘

함부로 내뱉는 소리
귀신 씨 나락 까먹는 소리
입 하나
자물쇠로 채울 수 없는 입
입 하나 놀려
먹는 입 거룩한 입
조물주가 인간을 만들 때
입을 두 개 달았으면
세상은 어떻게 변했을까
내뱉는 입 따로
먹는 입 따로

지구를 삼켰을 거야

사랑의 거리

당신과 나 사이
143.5cm 공간에 불변의 사랑이 존재한다
사랑이 홀로여서 쓸쓸한 것
사랑이 외길이어서 외로운 것
143.5cm 공간에 진실한 사랑 이야기로
가득 찬 꽃밭이 펼쳐있다
두 마음이 하나의 길을 만들어
삶의 무게를 지탱하고 달리는 열차는
길 잃은 서러움을 달래어
웃음과 꿈, 꽃을 피워 힘차게 달린다
당신과 나 사이
143.5cm 공간에 푸른 하늘을 품는다
사랑은 당신을 향한 노래가 마음을 달구어
25000v 강력한 힘을 얻어 폭포수처럼
함성 지르며 달리는 열차
당신과 나 사이
손에 손 붙잡고 녹색 들판을 달리는
꿈에 꿈 간직하고 통일 향해 달리는
사랑의 거리 143.5cm 공간에 뜬
해와 달

* 143.5cm~철로간격

비어있는 것이 무겁다

나룻배 없는 임진나루
강바람의 무게를 이기지 못해 흐르는 강
비어있어 무거운 것은 하늘뿐
꿈 없는 파랑새 날지 못해 누워있는
녹슨 철조망 비어있어
무거운 것은 바람뿐
부뚜막 빈 그릇 밥상에 오르지 못해
무거운 것은 배고픔
비어있는 종점의 마지막 버스
비어있어 무거운 것은 혼자라는 것
날 수 없는 날개를 끌고 떠난 너는 누구길래
비어있어 떠나지 못하는 술병
비어있는 가슴 속 무게는 천근의 추錐다

4부

입과 잎

잎
한 짐, 가득 짊어진 갈참나무 튼 피부 감추고 섰다
햇빛을 잘근잘근 씹어 되새김질하며 반짝반짝
빗물을 꼴깍꼴깍 마신 잎 술에 초록을 포갠다
잎을 쏠다 남은 물기는 바람이 말려주고
적막감 달래느라 부르는 노래
딱따구리 장단에 방울새 방울 흔든다

입
하나, 미끈한 육체 감춰주지 못하고 샐룩샐룩
외로운 독재자로 군림하여 게으름 피울 수 없이
가리지 않고 먹어치우는 상앗빛 톱날
세치의 화살은 생사와 명예를 가르고
눈치 없이 떠들고 때론 거짓과 위선을 게워
배신한 사랑까지 떠맡은 외톨박이

입
하나뿐인 입, 무한대로 먹어치워야 되는 욕구의 입구
하나뿐인 입, 무한대로 떠들어대야 되는 욕설의 출구
기도를 멈추면 몸통을 끓어 안고 생을 마감하는 유한

잎
잘게 씹은 빛, 삼킨 빗물과 무상으로 빌려 쓴 바람에게
속죄하기 위한 기도 튼 피부로 몸통을 세워
타의든 자의든 잎을 떼 내어 상처를 치유하는 무한

빈 꼬챙이

화계면 지리산자락에 살고 있는 노부부 이야기

할머니는 병석에 누워 지낸 지 7년째
시원한 아이스께끼 먹고 싶다는 성화에
화계장터까지 잰걸음으로 두 개 사 들고
가쁜 숨 몰아쉬며 달음질치듯 집에 당도하니
아이스께끼는 다 녹아 빈 꼬챙이만 달랑 두 개
갯돌 위에 씻어놓은 흰 고무신짝 닮아 하얗다
빈 꼬챙이에 녹지 않은 사랑
역정逆情 내며 웃는 환한 웃음으로 달려있다

뒷거울

백미러back mirror
알맞은 우리말 없어 뒷거울이라 불러본다
빈 털털이 호주머니에 달랑 한 닢 남아 꼬깃꼬깃한
지폐처럼 달력 끝장이 마지막 판결문처럼 두렵다
뒷거울에 비치는 언어들 전철 시렁에 대충 읽다버린
유랑자 같은 벼룩신문이 누워있다
맹목적으로 빛을 쫓던 하루살이의 무모한 돌진
맹목비행으로 불나방 사랑을 찾아 날던 애정행각
무성영사기의 흔들리는 빛처럼 점멸된다
필름이 암실을 빠져나와 빛 속에 과거를 지운다
마지막까지 다가오는 두려운 미래를 잊은 채
그녀가 흔드는 손수건 자락이 보이지 않을 때까지
나는 뒷거울 속에 숨긴 눈물로 얼룩진 창을 닫는다
새해 달력 첫 장 속 맹목적인 불을 밝혀

내 몸 던져 불타는 삶을 위한 바보가 되는 꿈을

내 몸에서 제일 먼 곳

눈, 점점 희미해지는 시력으로 몇 리 밖을 더 볼 수 있을까
코, 점점 무뎌지는 후각으로 사향인들 맡을 수 있을까
귀, 점점 멀어지는 청력으로 몇 리 밖 소리를 엿들을 수 있을까
본다는 것은 다가오는 너의 아슴푸레한 앞모습인가
맡는다는 것은 사라지는 너의 아슴푸레한 뒤태인가
내가 보고 듣고 느끼고 맡을 수 있는 터울은
세상도 아니고 그냥 만질 수 없는 아름다움 이였을까
내 몸에서 제일 먼 곳은 알 수 없는 사랑을 찾아 나서는 길일까
내 몸의 부실한 틈새로 빠져나가는 미세한 망실이며 망각일 게다

말[言] 말[馬] 말[斗]

말[言]이 발 없는 말[馬]처럼 허공을 날뛰던 선거 말

말이 쓰레기라면 그 엄청난 공해는 몇

말[斗] 몇 섬이 되어 창공을 어질러 옛

말에 '말 많은 집 장맛도 쓰다'는 말

말이 말대로라면 어느 뉘 걱정이겠소

주워 담지 못한다고 내뱉는 낯냄

말이 강물이라면

그 엄청난 구지렁물로 범람하는 강이려니

하늘이 입 없고 귀 없는 이유 알만해요

말이 발 없는

말 타고 허공을 내질러 천 리를 간들

우리네 농촌의 우부우맹愚夫愚氓

말 말 사람들 행색은 마냥 그대로니 어쩔까

밤새 내린 눈

밤새
길 잃고 내린 눈
날개만 찢어져 외로운 등마루에
살포시 앉아 무음으로 전하는 말
걷잔다

밤새 창을 두드리는 눈
지상을 쓸고 닦아 쓸쓸한 침실에
소복이 드러누워 등불 끄며 하는 말
자잔다

밤새
들판에 내린 눈
걷다 새긴 발자국 지워진 주막에
내려 고두밥 되어 너랑 나랑 잔 부닥쳐
취하잔다

밤새
삶을 덮은 눈
서글픈 눈빛 정수리에 머물러
세상여행 포기하자며
울잔다

낮술 덜 깬 얼굴

하루에 폭삭 늙은
노구老軀를 이끌고 넘어온 산맥과 강들을 덮는다
음주단속에 걸리지 않고 다다른 안도의 숨소리가 깊다
취하지 않고는 넘을 수 없고 건너지 못하는 강
낮술 덜 깬 얼굴로
노구를 이끌고 삼켜온 산맥과 강들의 갈피를 접는다
어둠은
버리지 못해 끌고 온 지상의 아니꼬운 기록들을
감추어주지 않는다
어둠은 무덤이 아니다
어둠은
버리지 못하고 끌고 온 지상의 분별없이 삼킨
기록들을 게워낸다
어둠은 쓰레기처리장이 아니다
고해성사로 털어버린 마음에 입히는 성의聖衣다
어둠은 잘못을 덮어주는 가림막이 아니다
낮술이 깨면서
깨문 자국도 없는 하루치의 노구를
숙연하게 침전시켜
하루를 정화한다

갉아먹는 소리

잠 속에서 나를 갉아먹는 소리 들려요
꿈속에서 내가 갉아 먹히는 소리
머리맡 귀를 갉아먹는 소리도 함께요
시계가 잠꼬대하는 소리
창밖에 나뭇잎 갉아먹는 바람 소리
나무들 상처를 벗어 놓고 떨고 있는 겨울밤
나뭇잎들 바람을 갉아먹고 떠나는 소리 들려요
시계의 잠꼬대소리에 날 밝는 소리 들려요
밤을 갉아먹고 붉게 달아오른 해를 두드려보아요
도처엔 벌거지투성이 나를 갉아먹는 소리 들려요
어제 마을버스 시간 기다리는 은행대합실
보지 않고 신문을 펴들고 연기하고 있는데
행원이 아는 체 인사하여 모르는 체 웃으니
갉아먹은 구멍을 메우라며 새해 달력을 건네주기에
쇠못이 벽을 갉아먹고 누워있는 자리에 걸어놓았지요
도처에 숨어서 갉아먹는 벌레 소리가 들려요
사랑도 갉아먹어 치운다지요
'무서워요'
무엇이던지 갉아먹는 그것이 보이지 않아요

개똥무덤과 호박

마을회관 뒤꼍 두릅나무숲 언저리에 개똥무덤이 있다. 까무퇴퇴하게 생긴 카뮈의 똥 무덤이다. 개똥 무덤가에 심은 호박넝쿨은 벽 타기의 고수가 되어 발정 난 수캐처럼 경계 허물고 감아올린다. 용궁의 여왕꽃가마처럼 화려한 꽃피면 은밀한 밀회의 호박벌은 침을 꽂고 눈이 먼다. 무성한 잎으로 하늘을 가린 호박엉덩이가 달떠 오른다. 그 왕성한 번식력은 개똥무덤 속 신비한 비밀을 감추고 있음직하다. 호박밭은 늘 조용하고 평화롭다. 한 번도 말소리가 새 나온 적 없이 번식한다. 두릅나무도 이웃이지만 옥수수도 이웃인데 품성이 온화하다. 허락 없이 기어올라도 밀쳐낸 적 없는 좋은 이웃사촌이다. 텃밭주인의 신발 끄는 소리가 들리더니 옥수숫대를 감은 손을 잡아챈다. 아픔 비명을 삼킨다. 더욱이 천둥 치고 비 오는 날이면 텃밭 주인은 틀림없이 호박을 딴다. 덤벙덤벙 썰어 아랫마을 실파와 청양고추도 함께 밀가루 반죽을 입혀 지글지글 끓는 기름 냄비에 부침개로 변신한다. 막걸리와 어우러져 게걸스럽게 먹어대는 주인장의 주린 배를 채운다. 다행스럽게도 피둥피둥 살찐 몸집만 희생되고 씨앗은 남아 다음날의 영광을 기약한다. 이것이 애호박이건 늙은 호박이건 한해살이의 운명은 마친 셈이 된다.

날지 못해 우는 날

무거웠기에 날지 못한 깃털을 뽑는다
거추장스러워 날지 못한 깃털이 뽑힌다
깃털이 난무하여 가뭄 흙을 적신다
깃털이 울컥울컥 넘친다
뼈를 드러낸 개울이 익사한다
현장이 수몰되던 날
장화 신은 농부가 내뱉는 말
가뭄도 장마도
다 하늘의 뜻인 게야
끌끌 혀 차는 소리 들은 채만 채 깃털이 날린다
뜯기고 뽑히는 아픔에 하늘이 쩡하고 갈라지는 소리
구름덩어리 비명을 지른다
날지 못해 뜯긴 구름이 흙밭에 내려와
구르고 비비며 우는 날
하늘 우러러 농부가 하는 말
이게 다 하늘의 뜻인 게야

떡갈나무

벌거숭이 떡갈나무 겨우내 꾼 詩말을 하얀 낙엽에
적었더니 짧은 햇살꼬리가 훼방을 놓아 지워버리고
벌거숭이 떡갈나무 겨우내 꾼 詩말을 푸른 하늘에
적었더니 검은 구름이 훼방을 놓아 뭉개버리고
벌거숭이 떡갈나무 겨우내 꾼 詩말을 얼음 위에
적었더니 강물이 꾀음꾀음하더니 줄행랑쳐버린다

봄 오면 초록종이 만들기로 다짐다짐 받아
흙 속 깊이 물을 길어 초록종이 햇살이 말려
새소리 받아 노래를 적고 바람 소리 받아 詩말을 쓰면
냇물 소리 들어 악보를 적고 강물 소리 들어 詩말을 쓰면
빗물이 훼방을 놓아 지워버리고 초록종이에 벌레가 슬어
고치 틀어 새끼 치고 있어 쫓아내지 못한다

초록종이에 詩말을 적으며 꽃을 피우다 사랑을 키워
주렁주렁 달린 도토리 재롱 보느라 여름밤 새지
다람쥐가 따다 먹고 하늘다람쥐가 날아다 먹고 놀다
떡갈나무 잎은 그제야 詩말을 되살려
바람의 이야기를 써보고 비의 이야기를 쓰려다
새들의 사랑이야기를 써보고 애벌레의 육아일기를 쓰려다

갈색종이에 詩말을 썼다 찢어버리고 쓰다 구겨버리고
버리다 하고픈 말을 잊어버린 뼈대만 남은 떡갈나무
새카맣게 홀로 서서 마음을 놓쳐버리고 생각만 꾸며
詩말을 잊어버려 웅얼웅얼 노래하는 바보시인이 되었다

화형문자花形文字

바람 마시고 불룩해진 꽃봉오리는 아비를 몰랐다
아비가 온들 얼굴 없는 얼굴을 기억하지 못하리
바람인들 기억할까 밤이면 앞산에서 부르는 소리
바람 두르고 흘린 피 내음의 냇물은 가고 있다
코끝 들이미는 나비의 촉수를 향기라 오역誤譯한다
꽃은 소문 없이 퍼트린 바람의 사생아
꽃 속 문자는 판독 불능한 화형문자로 핀다

꽃은 혼혈

나비와 맺은 통정은 비행非行
꽃과 맺은 불륜으로 비행飛行

떠돌뱅이 바람재비 나비
이 꽃 저 꽃 집적거려 퍼뜨리는
음담패설淫談悖說의 중신애비다

바람 소리를 듣지 못하는 꽃은
혼혈이다

꽃은 왜, 색색으로 피는지
사생아를 배고 겨울잠을 자는
볼록한 씨방
속 밑씨의 혈통이 의심스럽다

화적花賊

산야에 흐드러진 기화요초琪花瑤草 도둑을 품고 핀다

꽃샘잎샘 드센 아침에 눈 뜨니 매화꽃 눈부셔라
꽃샘잎샘 드센 아침에 눈감고 매향에 취했어라
매화꽃 수줍게 가슴 보이니 나비가 염탐하고
매화꽃 수줍게 입술 내미니 꿀 훔쳐 먹는 벌
벌 받느라 벌 벌 날고
피자마자 떨어지는 꽃잎 간밤에 화적 들었어라
공소시효 지나 고백하는데 나도 한때는 화적질했지
삼십여 년 전 어느 날 꽃 한 송이 훔쳤었지
지금 그 꽃으로부터 죄업 톡톡히 치르고 있지
산야에 피는 모든 꽃은 도둑을 품고 핀다

읽지 않은 책

책시렁에 신간서적 꽂아놓고
무슨 이야기 숨었을까
궁금하면서 읽지 않고 있는 까닭인즉
그 여자의 알 수 없는 마음처럼
두려움 아니면 비밀 때문일 거다
내용이 수상한 봄 시렁
닫혀있는 성문처럼 감춰진 얼굴
봄바람 일어 성문 열리는 날
어떤 얼굴이 내 앞에서 환호할까
못내 두려워 읽지 못하는 신간서적
네가 쓴 이야기를 내기 읽던지
내가 쓴 이야기를 네가 읽던지
봄 시렁 닫혔던 성문 활짝 열리는 날

꽃들이 우르르 달려와 왈카닥 껴안으리

봄바람 타고, 타고

장산화림長山花林에 불 지르고 줄행랑치는 봄바람 좀 보소
화급히 올라탄 화마잔등花馬殘燈이 채찍질 말울음 소리
장산화림 진달래불덩이 꺼지지 않고 불타고 있소
화적질하고 도망치는 봄바람 누가 좀 잡아주소
화마잔등이 올라탄 화살나무 활시위 놓고 불구경하는 꼴
붉은 글씨 '논두렁밭두렁 소각금지 산불조심 입산금지'
불구경하는 현수막 꽃바람에 팔랑팔랑 화살나무 모두 직무유기
장산화림에 봄바람 타고 불타는 진달래불길
마른 내 가슴에 불 지펴 달라고 말 좀 해 주소
밤 되면 불 꺼질까 했더니 달님마저 불구경하는 꼴

산, 쉬었다 가라네

실컷 바람피우다 들른 바람둥이도 재워주며
간밤에 들른 별빛도 늦잠자다 후다닥 사라지며
바람피우던 영웅담에 밤샘 한 구름도 쉬어가고
봄바람이 전해주는 남쪽 나라 이야기에 뭇 나무들
꽃을 피우고 산새들의 구전으로 불리는 노래
낯선 등산객에게도 길을 내어 주는 산
빗줄기가 들러 온 산의 알몸을 씻어
흐르게 하는 산 영혼의 무덤으로 머물 수 있는
짬짬이 오르고 내려도 되는 산

산 아래 밤을 밝히는 붉은 십자가 많은 곳 사람들
울타리도 주인도 자물쇠도 경찰도 도둑도 교회도
절간도 군대도 자동차도 신호들도 감시카메라도
다 외우지 못하도록 많은 걸림과 단절이 많은 곳
때로는 사랑도 행복도 그리움도 바람도 구름도 산새들도
신호등에 멈추고 대문을 두드려도 열어주지도 열리지도
않는 경계가 많은 세상, 산을 깎아 만든 땅
땅값이 평당 얼마짜린데 손사래 치며
산 그림자조차도 자리를 내어주지 않는 세상인데

산, 산이 사람들 내려다보며
어이! 세상 사람들 꽃 피었으니 일간 한번 들렸다 가게나
좀 쉬었다 내려가면 기분이 한결 좋아지고말고
가슴이 답답하면 고래고래 고함질러도 좋고
마음이 울적하면 훌쩍훌쩍 울먹이어도 좋고
가슴을 힘껏 두드리고 밟아도 되니 쉬었다 가게나
사용료 무료일세

늪

경칩驚蟄
늪은 투명안경을 벗어버리니
무섭고 무거운 침묵의 아가리를 벌리고
보이는 것이면 무엇이든지 먹어치우는 입
시방 토끼구름 삼키더니 허옇게 뱉고
아카시아 꽃만 따먹고 줄기는 갈비뼈처럼 뱉고
시큼한 낮달도 꿀꺽 삼켜 반쯤 베어 먹고 뱉고
두려움에 슬며시 들어다보는 나까지 통째 삼킨다
숲이고 해와 달이고 구름이고 산 그림자까지
목마른 토끼며 노루며 여우며 멧돼지며 닥치는 대로
먹어치우는 얼굴 없는 괴물은 어느 별에서 왔을까
밤의 어둠을 삼켜 별을 품속에 숨겨 어디다 쓸까
분명 그는 은하수에서 내려왔을 거야
꼭꼭 숨겨 놓았던 별들을 새벽이면 모두 풀어 줄 거야
그렇게 먹어 치워도 깊지 않고 넓지 않은 것을 보면
아무도 보지 않을 때 풀어 주는 게 분명하거든
늪의 게걸스런 탐욕은 그립고 외롭단 말
말은 못하는 이유 때문에 눈물 고인
개구리 겨울잠 깨는
늪

5부

꽃 하나

꽃 하나 피는데
꼬박 365일 걸렸다네

꽃 하나 지는데
꼬박 하룻밤 걸렸다네

365일을 버린 하룻밤
외우지 못한 그의 이름
꽃 진자리에 기억 묻혔네

기억 진자리의 상처는
아픔이 아니라네

지지 않으면 피지 않으리
때론 상처도 그리움이고
아름다움으로 다시 피리니

밥사발 비어있다

앞산 와자그르르 거동 심상찮더니
햇살 펼친 잔설로 설거지하는 정짓간
개나리 노랑 밥사발
진달래 빨강 밥사발
민들레 둥근 밥사발
조팝꽃 하얀 밥사발

햇살 펼쳐 잔설로 설거지하는 정짓간
개나리 노란 앞가슴
진달래 빨간 앞가슴
민들레 동그란 가슴
조팝꽃 하얀 밥사발
봉긋봉긋 젖 보시기

앞산 와자그르르 거동 심상찮더니
햇살 펼친 부뚜막에 오른 개구리
침 삼켜 꼴깍꼴깍 도랑물소리 도란도란
봄맞이 잔칫상 한가득 차려졌다

잘박잘박

싱그런 5월
길목 잃은 잠, 뒤척이는 밤
지붕을 걷는 소리 새롱새롱 들리기에 쪽창 열어보니
깨끼옷 벗은 아이들 뛰어내리는 소리 콩닥닥콩닥닥
'애들아, 다칠라 조심해라' 듣는 둥 마는 둥
꽃밭에서 아이들이 뛰어 노는 소리 까불까불
'애들아, 꽃밭 망가질라' 듣는 둥 마는 둥
옷 젖을 일 없는 아이들 언어가 잘바닥잘바닥
우산을 쓰지 않은 어른 머리에 오줌을 싸대는
5월의 밤비가 고샅길에 잘박잘박 내리고
묵은 때 박박 문질러 벗기는 골목 땟물이 꾀죄죄하다
오엽송에서 단잠을 자고 있던 참새들 종잘종잘
야밤에 잘박잘박 내리는 빗소리 가야금 탄주 소리

추적추적

봄비가 사흘째 추적
추적 내리면서 간살거린다

첫째 날 내린 봄비가
하얀 목련 속옷을 벗겨
품고 떠난 뒤를 추적 중이다

둘째 날 내린 봄비로
쓸쓸함을 꿰매 입혀
업고 떠난 뒤를 추적 중이다

사흘째 내리는 봄비가 추적추적
첫째 날 내린 봄비를 추적 중이다
둘째 날 내린 봄비를 추적 중이다

쫓고 쫓기는 물 뒤범벅 보뚝물
넘실넘실 물꼬 튼 논배미 채운다

비는 간다 가고 있다

햇빛에 검은 장막을 씌운 장맛비가 한낮을 가리고
-비가 온다. 라는 말 못마땅해
-비는 간다. 비는 가고 있다
유리창에 찰싹 엎드려 비밀스레 가고 있는 빗줄기
잰걸음 쫓아가니 허름한 주막 탁자에 걸터앉아
주모가 따라주는 막걸리 한잔에 빈대떡 한입 물고
생솔나무 옹이처럼 굳어 있는 미완의 사랑 이야기에 취한다
비는 가면서 과거완료형을 현재진행형으로 고치려 든다
비는 가면서 잠든 현재를 깨워 오랜 언어를 탁본하거나
지워진 기억의 애틋한 사연들을 조탁彫琢하면서 가고 있다
비는 사람보다 앞서 간다 바람은 나보다 앞서
나는 흠뻑 젖은 채 빗줄기를 따라간다

마르면 도지는 아픔

비가 오지 않아서 아니라
올여름은 별나게 더웠기보다 뜨겁고 가물다
뜰 안 나무이거나 꽃잎이거나 푸른 것들은 모두 말랐다
마르면 도지는 아픔 슬픔조차 증발했다
눈물 흘리어야 마음이 밝아지듯 우는 법도 잊어버렸다

천둥이 울고 하늘이 울기 시작했다
비구름 걷고 마음속을 채운 슬픔
슬픈 것들이 울어야 마음 걷히듯
녹슨 안테나를 휘감고 핀 능소화도
마르면 도지는 아픔처럼 아팠다

비에게 우는 법을 배워 울타리 아래
능소화 붉은 눈물 자국이 초경처럼 선명하다
능소화에게 우는 법을 배운 시인도 울었다
그리움이 마르면 도지는 아픔을

여름과 가을이 마주 서서

여름이 여름 이야기를 한다
장마에 떠내려간 징검다리 이야기

가을이 가을 이야기를 한다
기억에 떠내려간 징검다리 이야기

여름이 가을 이야기를 한다
가을이 여름 이야기를 한다
여름이 여름을 기억하지 못하고
가을이 가을을 기억하지 못한다

장마에 떠내려간 여름을
사람이 사람을 이야기한다
사람이 사람을 기억하지 못한다
기다리는 사람을
사람과 사람이 마주 서서 보이는
등

빗물과 눈물

비가 내리지 않는 천둥지기 바닥처럼 갈라진 마음
길 잃은 눈물이 사진틀 속에서 웃는 모습
6월 장맛비는 풀 먹인 홑이불처럼 나를 재운다
웃을 일 없듯 울어 볼일 없는 삶에 빗물이 뺨을
때리면서 세상사 미련 버리고 따라오라 손짓한다
눈물이 마른 자의 통곡은, 소리 없는 짖음
장맛비가 걷는 길을 억지로 재생시킨 눈물 한 방울
만들어 칠흑 같은 길을 나선다
구름을 모두 걷어버린 간밤의 억수 같은 빗줄기
날 샌 아침 빗줄기 따라나선 눈물은 고작 원추리
꽃 아래 납작하게 주저앉아 사진틀 속을 걸어 나와
노랗게 웃고 있는 아침

소금

바다가 땀을 흘린다는 것을
신안갯벌 염전에서 보았다

출렁이지 않으면 죽음의 늪이 되고
뱃속을 유영하는 물고기 떼
해조류의 숨소리 듣고 있다
출렁이지 않으면 목숨을 건 항해로
신대륙의 발견도 없었고
한시라도 노를 젓지 않으면
지구의 운명은 잠자는 별
날마다 토해내는 육지의 오물을 들이켜
정화시키느라 바쁜 바다
오대양을 출렁이게 만들며 서해로 올라온
바다가 흘린 땀을 갯벌 염전에서
햇빛이 쓰다듬은 하얀 결정체로 앓고 있다
염부의 이마에 맺힌 작은 금을 캐고 있다

신안갯벌은 바다의 이마가 되고
바다가 내려놓은 땀이 소금이다

구름의 해체

햇살이 꾸덕꾸덕 말려놓은 하늘이 청靑 빔

대관령 양떼구름 몰려 듦
우렛소리에 수풀 속 새소리 뚝 그침
위성티브이 화면 해체됨

햇살이 꾸덕꾸덕 말려놓은 하늘이 흑黑 채워짐

농기구 쉬고 있는 작은 양철지붕 창고
밤새 초원의 사자무리에 쫓기는 누 떼 발굽소리
해체된 구름이 뛰어내리며 외침

뜨거운 햇살이 쨍쨍하게 말려놓은 멍한 머릿속
해체된 구름의 말소리에 멍한 머릿속
의 기억을 지우며 신념이 해체됨

인간이 그어 놓은 땅이 흙탕물로 해체됨

품는 것은 모두 둥글다

농수로 곁 불치병에 걸린 듯 멀쑥하게 서 있는 미루나무
까치 한 쌍이 꽤나 떠들며 둥지 트는 재건축현장이 요란하다
미루나무가 기력 없어 보이는 연윤즉 나무그늘 때문에 농사 망
친다는
명청한 모모某某 농부가 뿌리 죽는 농약을 투약함이다

건축현장이 조용한 걸 보니 알 품은 까치의 의지는 깨트림이다
미루나무 그늘에 둥글게 숨어 주렁주렁 달릴 고구마 심느라
어설픈 농부가 땀을 식히는 의지도 둥근 열매 때문이다

돌담불 모퉁이 몸만 있고 품이 없는 민들레 움찔움찔
엉덩일 굴려 지구를 품기 바쁘다
지구를 품어 맺은 둥근 머리채 흩뿌려지며 까치둥지 맴돌고
구름 맴도는 민들레 영토에서 생명의 탄생을 알리는 몸짓이다

그림자 없는 꽃

꽃샘 봄비 치고는 펀치력이 강하다
얼굴 맞아 샛노랗게 질려 퍼진 안질뱅이꽃
흙탕물에 씻기며 노랗게 웃는 얼굴
37번국도 임진나루 들어오는 터널 입구
찻길 살짝 비킨 길가에 찰싹 달라붙은
그림자 없는 꽃 안질뱅이 속삭임
수다 떠는 빗소리 잠재우고
조금만 참자 조금만 참으라며 몸을 턴다
햇살 비추면 젖은 구들 말리는 굴뚝 세워
지핀 불꽃으로 몸 말려 꿈으로 떠날
채비하느라 낮은 목소리 얼굴이 샛노랗다

바람이 불면

바다에서 불면 바닷바람이라지
강에서 불면 강바람이라지
산에서 불면 산바람이라지

봄바람에 꽃피고
여름바람에 열매 익어
가을바람에 떠난다지
겨울에 불면 겨울바람이라지

미끄러운 마룻바닥에 부는 춤바람
학교에 불면 치맛바람
그대와 내가 정분나면 바람났다지
외로움에서 부는 외로운바람
바람보다 가벼운 나
날개 없이 나는 그런
아무 바람이나 불라지

바람 따라가리라

콩타작

불가물 넘긴 너덜겅 콩밭 멍석 깔더니 콩 단을 뉘인다
누워서 두드려 맞고 엎드려 맞고 이유 불문곡절하고 작대기찜질
사그라지는 아픔이 비명으로 사방팔방 튄다
서리 내린 너덜겅에서 맞고 태어난 서리태
계엄령 어긴 반항아를 때리듯 그렇게 두들겨 패고 맞으니
아픔과 고통의 틈새로 죽어도 깨지지 않는 신념만 남아서
똥글똥글 고만고만한 놈들만 튄다
뛰어야 벼룩이지 작대기 잡은 손에 잡혀
포로처럼 우르르 자루 속으로 투옥된다
죽어도 깨지지 않는 깡다구만 남아서
상처로 피멍든 아픔이 자루 속으로 징발된다

울고 싶으면 이 가을에 울자

은행나무 아래 홀로 엎드린 공원 벤치에
덩치에 어울리지 않게 훌쩍이며 흘리는
금빛 눈물 저리도 아름다울 수 있나

상수리나무 아래 홀로 엎드린 언덕배기에
덩치에 어울리지 않게 흔들리며 흐느끼는
갈색 눈물 저리도 아름다울 수 있나

단풍나무 아래 엎드린 너럭바위에
덩치에 어울리지 않게 흔들며 떨어지는
붉은 눈물 저리도 아름다울 수 있나
은행나무 금빛 눈물 흘리며 벌거벗은 침묵
상수리나무 갈색 눈물 흘리며 벌거벗은 꿈
단풍나무 피눈물 흘리며 벌거벗은 아픔

이별의 눈물이 저리도 아름다울 수 있다면
우리도 이 가을을 떠나며 펑펑 울자구나

잎 질 때

늦가을과 초겨울의 밤바람이
섞여 배끗거릴 때
당단풍나무는 심한 감기몸살을 앓는다
기침할 때마다 오열하는 몸에서
붉은 피 시방팔방으로 튄다
신열 앓은 나뭇가지 위로 조심스레
콩새 한 자웅 이마를 짚으며 위로한다

늦가을과 초겨울의 밤바람이
등지고 배끗거릴 때
당단풍나무는 가지와 가지를 맞대고
끌어안지 못하고 서로를 흔든다
붉은 잎이 떨어져 나간 자리엔
아픈 이별의 옹이가 동그마니 생겼다
콩새 한 자웅 떨어지는 붉은 오열 따라 난다

당단풍나무 이별의 옹이에서 다시는
당신의 사랑이 피지 않을 상처 자국

껴입으시란다

공중에서 외치는 소리
껴~
껴~ 입으시란다
먼 나라에서 오시나 보다
여장도 풀기 전
기러기털구름 걷어 지상으로 쓸어 보낸
멍빛 하늘에서
껴~
껴~ 입으시란다
자전거로 학교 가는 학생들 기러기털옷을
껴입고 신바람 나게 달린다

키 큰 상수리나무 손을 내밀며 겉옷을 벗어준다
키 작은 졸참나무 손을 내밀며 속옷을 벗어주며
나의 몸은 겨울바람의 것
나의 몸은 다람쥐가 숨겨 놓은 도토리 열매라며

껴~
껴~ 입으시란다
물색 옷 입고 싶으면

나를 고르시라는
단풍옷감가게 앞이 성시盛市다
빨갛고 파랗고 노란 옷감을 풀어 놓은 가을 산
나는 껴입기에 바쁘고
너는 벗기에 바쁘다

먼 나라에서 오신 손님에게
나락을 털고 펼쳐 놓은 논바닥을 내어주자
부디 따뜻한 겨울 잘 쉬었다 가라고

너는 벗고 나는 또 껴입는다

운장雲葬

밤마다 울음 얼어 죽은
밤마다 이별 얼어 죽은
구름의 뼛가루가 지상에 뿌려지고
동천에 숨어 뜬 달 조문객 되었다
밤마다 슬픔 얼어 죽은 구름
재가 되어 뿌려지는 밤
가로등은 향불 되어 붉게 울며 타오르고
길 지워진 길 위로 빠드득빠드득
조문객 발자국소리 점점 멀어지는 밤
소복단장 차림의 가로수 행렬
운골雲骨을 차려입고 읍체泣涕하는
순백의 운장식
하늘과 땅이 하나로 열렸다

6부

각우타령 角隅打令

조선 땅 구석탱이를 전전하다 떠밀려온 파주 구석탱이 절
룩거리며 내몰린 구석진 그늘, 구중심처 지구는 둥글게 생겨
돌고 있다는데 빛의 배급은 차별정책이다. 초등학교 불알친
구를 만나면 99% 이야기는 60여 년 전 어슴푸레한 어린 추
억을 무학소주로 더듬다 하는 말이 그랬다. 파주 구석탱이에
파묻혀서 무얼 파먹고 사느냐며 핀잔이다. 또 구석탱이에 내몰
리는 말이다. 죄 없이 죄인 된 몸. 숨을 곳 없어 "나 말이야!"
하면서 침 한번 꼴깍 삼키고 소주 한잔 털어 넣고 내뱉는 말.
"이래 봬도 '쯩'이 있단 말이야 '쯩', 한양 길 행차하실 때
슬쩍 내밀면, '네 네' 대답 음이 울리면서 저절로 문이 열린단
말이야. 리무진보다 몇 배나 긴 8칸짜리 차량에 운전기사까
지 두었단 말이야." 큰소리쳐 본들 그것도 잠시 구석탱이가
내 자리다. 햇빛이 찾지 않는 데 달빛인들 찾아들까. 오늘도
구석탱이에서 남모를 구멍을 파고 있다. '쉿' 비밀이다 비밀
이야. 탈옥을 획책 중이야, 연장이 필요하거든 손톱과 발톱을
벼리고 있어. 구석탱이 어둠의 두께를 두들겨 보고 산출하면
서 더듬고 있어 어둠에 빛이 필요하거든. 그래서 햇빛을 쬐
금 훔치고 달빛도 훔치고 별빛도 훔쳐야겠어. 밝아야 어둠의
정체를 밝히고 보고 싶은 얼굴들을 보거든. 둥근 관념의 중심
에 엄지와 검지를 말아 쥐고 밝게 앉아있고 싶어, 잠깐이라도

폭 안기고 싶었어. 그렇게 구석탱이를 전전하던 중, 홑눈을 가지고 4쌍의 지팡이를 짚고 무섭게 생긴 시꺼먼 도사를 만났어. 구석탱이에서 먹이를 노려 일거에 독침으로 획득하는 거미도사였어.

"원의 중심자리는 '깜'이거든, 먹이를 노리는 명당자리는 구석탱이야, 바보 같은 이 친구야!" 그런다. 도사는 다르단 말이야. 내가 바보인 것을 알고 있는 것 좀 봐. 구석탱이의 진실을 알지 못하고 구석 타령만 늘어놓고 있는 나를 비웃고 꾸짖는다. 노리는 것. 걸려들기만 하면 가만두지 않고 칭칭 옭아매는 끈적끈적한 처세술이 사냥술이란다. 왜 그걸 몰랐지. 검은 독을 품고 살아야 했는데 엉뚱한 하얀 고독을 품고 살았으니 말이다. 때 늦은 후회의 슬픔 노래.

저쪽 강과 이쪽 강

저쪽 강가에 서 있는 자들의 고함이 들리지 않고 시늉만 보이는 무언극無言劇. 물빛은 깊이를 가늠할 수 없을 만큼 어둡게 흐르는데, 이쪽 강가에 서 있는 자들의 고함을 듣지도 않고 귀를 틀어막고 있어. 저쪽과 이쪽 사이로 흐르는 강바닥에 말을 삼키는 등 푸른 악어語惡가 도사리고 있다. 저쪽 강과 이쪽 강의 언어는 피와 죽음과 공포의 함성을 장전한 입 벌린 대포. 저쪽 강과 이쪽 강 사이의 강물 소리는 행군하는 사병의 군홧발자국 소리. 겨울 철새의 멀고 긴 항해를 위한 편대비행연습에 여념이 없는 강기슭, 티브이 틀면 정치가들 신문기자들 살판났다. 세상 말세인 양 저마다 정의의 구도자를 자처한다. 저쪽 강과 이쪽 강가에 말뚝을 박으며 내지르는 고성방가에 청력을 잃은 모두, 등 푸른 惡語가 도사리고 있는 저쪽과 이쪽 사이로 흐르는 강, 하도 시끄러워 희망도 꿈도 겨울 철새 따라 짐 보따리 꾸린다. 귀먹고 눈이 먼 철없는 봄이 찾아와 우리네 안타까운 현실을 위로할까.

판의 나라

흰 돌과 검은 돌은 짝꿍이다. 만나면 운명처럼 이판사판 싸우기 바쁘다. 흰 돌은 검은 돌을 검은 돌은 흰 돌을 가두거나 잡아먹어야 되는 짝꿍이다. 판의 나라 일 년은 삼백예순 하루다. 지구의 일 년은 삼백예순 닷새다. 판의 나라는 지구보다 사흘이 적다. 싸움은 운명이다. 포로가 많을수록 영토는 넓혀지고 영토를 빼앗긴 알은 멸망이다. 미생은 허락되지 않고 완생만 존재하는 나라, 두 나라의 공통점은 짝꿍이 영토를 빼앗기거나 빼앗거나 망명을 허락하지 않는다. 흰 돌과 검은 돌은 짝꿍이다. 만나기만 하면 땅따먹기만 한다. 부자로 살거나 가난하게 살거나 밤과 낮이 번갈아가며 땅따먹기만 한다. 밤과 낮은 짝꿍이다. 만나기만 하면 삼백예순 닷새 싸운다. 결과는 포로이거나 패배자이거나 울고 있거나 웃고 있거나 피를 본다. 흰 돌과 검은 돌은 너와 나이기도하고 나와 너이기도 한 나라에 살고 있다.

밀거나 당기거나

천장에 매달린 금속 손잡이 부여잡고 힘껏 밀거나 천장에
매달린 금속 손잡이를 부여잡고 힘껏 당기거나 꼭두새벽 첫
차 쇠바퀴는 지네처럼 움직인다. 천장에 매달린 금속 손잡이
에 제3의 지문이 지워지며 문양이 선명한 나의 지문이 찍혀
있어 꼭두새벽 현행범으로 체포되어 첫차를 지네처럼 움직
인 죄목으로 이송된다. 노약자석에 졸고 있거나 자고 있는
노인 하나, 못다 꾼 꿈의 속편을 활동사진으로 보면서 코 골
고, 일반석에 졸고 있거나 자고 있는 학생은 못다 푼 시험문
제 아니면 틀린 시험문제를 풀거나, 천장에 매달린 데워지지
않고 싸늘한 금속 손잡이를 부여잡고 눈을 감은 남자는 고달
픈 하루치를 지문을 새긴다. 꼭두새벽 첫차를 탄 사람들 모
두 눈을 감고 기도하거나 잠나라로 여행하고 있다. 밀어서
가거나 당겨서 가거나 서 있어도 구르는 바퀴, 지구가 돌고
삶의 바퀴가 돌고 머리가 돌고 자본이 돌고 하루가 돌고 도
는 삶의 길. 나의 손과 발에 멈추지 못하는 운명의 쇠사슬로
묶여있어 밀거나 당기거나

먹고사는 백태百態

썰어야 먹고사는 주문진어시장 오징어 써는 아줌 씨, 40
여 년 세월을 썰면서 살았다고 볼멘소리. 갈아야 먹고사는
칼갈이 씨 30여년을 갈기만 했다며 이빨 가는 소리. 두들겨
야 먹고사는 왕십리대장간 풀무 씨, 붙여야 먹고사는 광장시
장 빈대떡아줌 씨 솥뚜껑 지글지글, 맺어야 먹고사는 중매쟁
이 씨, 뽑아야 먹고사는 유행가수 한 자락 뽑는 소리, 뽑아야
먹고사는 치과의사 씨, 뜯어고쳐야 먹고사는 성형의사 씨,
찔러야 먹고사는 침술 씨, 털어야 먹고사는 도둑 씨, 붙잡아
야 먹고사는 형사 씨와 판검사 씨, 비틀어야 먹고사는 모란
시장 닭대가리장사 씨, 심어야 먹고사는 농부 씨, 굽어야 먹
고사는 광장시장 생선구이가게 허리 굽은 할멈 씨, 문산 오
일장 바닥을 기어 다니며 찬송가 틀고 기는 장애인 씨, 떠나
야 먹고사는 외항선 선장 씨, 죽어야 먹고사는 장의사 씨는
어쩌고. 굴려야 먹고사는 운전기사 씨. 모두가 통박 굴려먹
고 산다. 평생을 욕먹고 귀 막고 사는 남편 씨는 어쩌고……
거짓말해야 먹고 사는……

하고 많은 직업 중에, 써야 먹고 살지 못하는 시인 씨. 배
고파서 사랑을 먹고 사는 씨 모두가……

허허, 의자의 주인은 따로 있었다

아무도 앉히지 않는 의자의 주인은 나다. 아무에게도 먼저 앉기를 거부하는 의자의 임자는 나다. 개을러터진 대추나무 5월 하순이 돼서야 눈곱 띠고 의자를 털고 있다. 검정색 하늘에 하얀색을 희석시켜 잿빛으로 칠한 아침, 몇 마리의 참새가 가족끼리 몰려와 자리다툼하는 소리에 창을 열었다. 나의 눈동자가 앉을 자리에 대추나무 어린 잎사귀 가지 끝에 도두 앉아 여기는 내 자리야 나의 의자란 말이야, 싸우는 참새가족을 쫓아버리고 나의 시선도 좇고 초록 물감 풀어 붓을 두드리는 아침.

아무도 앉히지 않은 의자의 주인은 나다. 아무에게도 먼저 앉기를 거부하는 의자의 임자는 나다. 자리 타령하는 참새가족을 쫓아낸 나뭇가지 파란 잎사귀에 아침이 앉아 이제 막 이슬로 목욕을 끝낸 모란꽃이 물기 말리며 몸치장을 끝내고 향수를 뿌린다. 나의 눈동자는 요염한 자태에 매료되어 눈동자를 앉히는 찰나, 아침 햇살이 내 자리라며 쫓아내고 있다. 화려한 의상 차려입은 호랑나비가 모란꽃잎에 주둥이를 깊게 집어넣고 아침부터 농염하게 입맞춤하고 있는……

이래저래 의자에서 쫓겨난 나는 뜨거운 커피를 들고 삐꺽
대는 나무의자에 앉으려 하였다. 그러나 의자에도 벌써 다른
주인이 앉아 있었다. 뿌연 머리카락을 드리운 나보다 더 늙어
보이는 티끌이 잔뜩 앉아 있었다. 나는 화가 치밀어 먼지떨이
로 힘껏 털었다. 괘씸한 녀석 쫓아 버리니 티끌이란 작자는
나의 콧구멍 속으로 달려든다. 그때 나의 코털이 먼지를 쫓아
버리려 재채기로 큰소리쳤다. 허 허, 세상의 모든 의자는 주
인이 따로 있었고 나의 의자는 없었다. 의자를 빼앗긴 나는
늘 홀로 서성이고 있는 아침.

선창에 매인 몽고말

겨울바다 마상월도馬上月刀휘두르며
초원을 질주하던 칭기즈칸의 말갈기
수만 병졸의 함성이 포효하는 겨울바다
전장에서 패한 몽고말들
밧줄에 이끌려 거품 부풀리며 출렁이는 함성
한땐 만선의 기쁨으로 만장輓章 휘날려 귀항하던 포구
수평선 너머 초원에 던지는 쌍끌이어망마다 굶주려있다
초원의 몽고말은 가두리양식장에 퉁퉁 부른
부표처럼 선창에 매인 닳은 말굽 절고 있다

통일호

경부선 통일호 기차표 손바닥에 움켜쥐고
통일벼로 빻은 주먹밥 목메도록 우겨먹고
칙칙폭폭 북으로 북으로 달려왔지

'우리의 소원은 통일 꿈에도 소원은 통일
이 정성 다하여 통일 통일을 이루자'
핏발 세우며 통일노래 불러댔지

서울역에서 국도 1호 통일로 따라
북으로 북으로 달려 임진강까지 왔지
통일동산에 올라 500원 동전 넣고 60초
앙감질하며 북녘땅 바라보았지

배고픔을 통일하려던 통일벼는 사라지고
통일강산을 달려보지 못한 통일호는
통일처럼 늙어서 고철이 됐지

나는 어리석었지
통일벼 먹고 통일호 타고 통일로 따라
통일동산에 올라 통일노래 부르면

통일이 오는지를
60초 지나 망원경은 캄캄한 어둠으로 남지

바람개비로 단장하고 연잎으로 단장하고
허풍선으로 단장한 DMZ관광열차는
도라산역에서 꿀 먹은 채
역逆으로 멈추고 섰지

상행선과 하행선

문산역에서 서울행 열차 시간표를 쳐다보니 상행선
부산역에서 서울행 열차 시간표를 바라보니 상행선
목포역에서 서울행 열차 시간표를 찾아보니 상행선
서울은 모두 올라가는 열차란다 갑자기 헛갈리는 것

서울역에서 떠나는 모든 열차는 하행선뿐
서울은 나침판이 필요 없는 별천지
팔도 무지렁이 꿈틀꿈틀 모여들어 산을 만들고
방향감각을 상실한 지렁이 상경하고 보니 갈 곳 없는 신세
상행선 타고 졸던 꿈 서울역대합실조차 노숙자로 들끓어
행복을 가득 싣고 가라앉은 보물선 찾아 상행한 바다
사람들은 상행선만 타려 한다 서울보다 더 높은 서울은
어디서 찾아야 하나 사람들은 하행선을 타려 하지 않는다
이제 상행선과 하행선이란 말을 지워버리고 너도나도
평행선平行線을 타고 평화를 찾아 떠나는 열차를 타자

싱겁기는

-시를 왜? 쓰는지. 묻는다

-쓸쓸해서
-쓰레기처럼 말을 마음을 사랑을
-쓸어 담는 것이 詩라 대답했지
-쓸쓸함이 티끌처럼 남아서 또
쓴다고 했지 엉성한 대답인지
-싱겁기는
-사람치고는, 혀를 찬다
-싱겁기는, 나의 살과 피의 염도는 0.9도 태초에
신이 흙과 물로 버물어 준 황금비율
쓸쓸한 웃음의 뒷맛은 쓴맛
쓰레기처럼 날리는 낙엽을 건드리며 걷는 가스락길
詩는 울어 싱거운데, 눈물은 짜다니까

묵묵부답

직업을 묻는다

-시인입니다
-수입은 얼마세요
(요즘 금값이 금값인지라)
'침묵은 금'이란 말은 기억하고 있었다
묵묵부답
그렇다고 詩는 취미가 아니잖아
수입은 없어도 정년퇴직은 없는
직업이잖아
행선지를 묻는다
-가봐야 알지
그가 바람에게 무얼 먹고 사느냐 묻는다
-바람이 바람을 먹고 살지

성도 모르는 그녀가 자꾸만

자꾸만……
성도 모르는 그녀가 생각나
서울역 매표소 파란 정장 입은 여자
겨울이라는 것
양손에 보따리 들었다는 것밖에
생각나지 않아
일곱 개의 동전을 반달로 뜬
창구에 들이미니
빤히 쳐다보면서 주민증 보자던 그녀
지공 도사를 알아보지 못하는
괘씸한 것이라니
—다음부터 주민증 먼저 보이세요
경의선 열차에 몸을 싣고 나서야
마음속에 이는 탄성을
젊어 보인다는 그녀의 시선이
자꾸만 밟히는 이유가
세상에서 제일 아름다운 여자
도통 얼굴이 기억나지 않는
성도 이름도 모르는 그녀가 자꾸만

늙은 집의 낡은 나

문턱 닳아 늙은 집 대문도 없기에
헛기침 없이 낡은 사람이 다가와 서 있었지
손을 내밀며 악수를 청하기에 일면일식도 없는
낯선 방문객에게 마음 내키지 않아 손을 내밀지 않았지
오래전 본직 한 낡은 얼굴
뒤집어쓰고 있는 탈색된 지붕하고선
티끌 없이 맑았던 창은 시름이 더께로 끼어 있었지
문턱 없는 늙은 집
낡은 주인의 허락 없이 드나드는 집에
내가 나를 거부하는 내가 있었지
동그만 손거울에 앉아있는 그을음을 문질러보았지
며칠째 털깎기를 하지 않은 몰골을 들여다보니
늙은 집주인은 낡은 나였고
낡은 집주인은 늙은 나였어

하늘 앙, 땅 엉

태초의 언어, 앙
태초의 노래, 앙 앙
태초의 노래는 두 손 모아
하늘 보고

땅을 보고
최후의 노래는 두 손 짚고
최후의 노래, 엉 엉
최후의 언어, 엉

?

? 갈라파고스의 거북아 너 몇 살이니

　나이 기억하지 못하고 묵묵부답 직진 중

? 살얼음 녹은 개골창 올챙이무리 옹알옹알

? 낚시꾼에 낚인 붕어 아가미에 걸린 낚시

? 달팽이가 더듬어 세운 안테나

　달팽이관을 통하여 들리는 음성

? 포장마차에서 홀짝홀짝 소주 뚜껑 따 마시며 먹는 골뱅이 안주 알맹이 빠진 골뱅이 껍질 속

　하루의 불평불만 배신과 울분, 푸념으로 골뱅이 빈방 무채색으로 채운 술주정 ???

　? 골목귀퉁이 몰래 피어 문 담배 연기 입술 오물거려 내뿜는 묘기가 연출하는 담배 구름

　? 삶의 갈고리 목젖

동그랑땡

텅 빈 갬치에 손을 찌르고 불끈 쥔 주먹은 해깝지만
발걸음은 천근이다 땡전 무일푼 O의 상징은 가난일까
땡전 무일푼은 발걸음을 멈추고 받아쓰는 생의 포기각서 아니면
땡전 무일푼은 발걸음을 재촉하는 재생의 굴렁쇠
O이 따라붙지 않으면 외로운 I 홀로 서럽다
갓밝이 해가 O을 굴린다 바다에서 산맥을 타고
도시의 아침에 자동차 동태 전철 동태를 스스로 굴린다
학생들 장사치들 정치가들 노숙자들 O을 버린다
하루를 O친 나의 갬치는 늘 해깝다
버려진 해거름 꽁무니가 가볍게 내 뺀다
앞집 유치원 아이가 하늘 불어 뛰놀고 있는 비눗방울의 꿈
OOOOOOOOOOOOOOOOOOOOOOOOOOOOOOOOOOOOOOOO

무용탑無用塔

삼십 년 넘게 쓰다 버리기도 그렇고 쓰기도 그런
장식장 빼닫이에 안거安居 중인 다보탑이 누렇다
공들인 인고의 세월 서 있기를 거부한 다보탑多寶塔
헤아려보니 사십 원 어디다 쓸까

내 삶에서 이루어 놓은 공空든 탑처럼
국보 20호면 무얼 하나 무용탑無用塔인데
직립을 거부한 다보탑 보물 네 개에 양각된
10 The Bank of Korea 1970
손안에서 짤그랑짤그랑 탑돌이 한다

부끄럽구나

입   입
 이   이
  오   오
   천   천
    만   만
     개   개
      라
     도   도
    할   할
   말   말
  이   이
 없   없
다   다

시지시시선 40

상온동물의 허물벗기

초 판 발 행 2015년 3월 25일

지 은 이 장종국
펴 낸 곳 시지시

등   록 제2002-8호(2002.2.22)
주   소 ㉾410-905
              고양시 일산동구 호수로 688. A동 419호
전   화 050-555-22222 / 070-7653-5222
팩   스 (031)812-5121
이 메 일 sijis@naver.com

값 10,800원